Editor: Eduardo Lacerda

Assistentes editoriais: Amanda Vital, Angélica Marques, Gabriel Santana, Içara Bahia, João Vitor Nascimento, Rafael Arms, Ricardo Escudeiro

Capa, projeto gráfico e diagramação:
Alessandro Romio | Instagram: @romioland

Imagem de capa: montagem digital a partir de fotos de The Cleveland Museum of Art, Pisauikan e Chance Anderson/ Unsplash

Administrativo e comercial: Pricila Gunutzmann

Administrativo e marketing: Sofia Fernandez Gunutzmann

Expedição: Sheila Gomes

Eventos: Flavio Rodrigues

Catalogação na publicação
Elaborada por Bibliotecária Janaina Ramos – CRB-8/9166

---

**B748p Botelho, Breno**

**Pilares / Breno Botelho.**
**– São Paulo: Patuá, 2025.**
**176p.; 14 X 21 cm.**

**ISBN 978-65-281-0108-5**

**1. Romance. 2. Literatura brasileira.**
**I. Botelho, Breno. II. Título.**

**CDD 869.93**

---

Índice para catálogo sistemático
I. Romance : Literatura brasileira



Editora Patuá – Livraria Patuscada
Rua Luís Murat, 40
Vila Madalena – São Paulo – SP
(11) 96548-0190
editorapatua@gmail.com
www.editorapatua.com.br

# PILARES

**Breno Botelho**

PATUÁ
EDITORA

Para o Clube de Leitura
da Livraria Favorita de Três Rios/RJ, o meu coração.

Para Cosme e Damião, a minha vida.

“Que voz vem no som das ondas
Que não é a voz do mar?
É a voz de alguém que nos fala,
Mas que, se escutamos, cala,
(...)
São ilhas afortunadas,
São terras sem ter lugar,
Onde o Rei mora esperando.
Mas, se vamos despertando,
Cala a voz, e há só o mar”.

(As Ilhas Afortunadas – Fernando Pessoa, 1934)

“Os ódios só vivificam e estimulam se você os governa, mas destroem e desajustam quando são eles que dominam”

(trecho de *Primavera num espelho partido* – Mario Benedetti)

# 1.

“Toda boa história começa com uma mentira, e assim se faz uma Nação”, e era assim que a minha mãe começava o seu famoso curso de História das Ilhas Afortunadas no colégio. Impossível me esquecer de suas palavras, mesmo daqui do Rio de Janeiro, após tantas vezes ensaiar a mesma aula inaugural para o secundário durante o caminho até a Escola Pública 25 de Março, no coração de Praia das Lágrimas. O choque ao ouvir tais palavras insólitas de uma, vejam bem, professora era certeiro e proposital.

Atena fazia parte do seletíssimo grupo de pessoas cuja presença, por si só, era digna de nota. Não apenas por seus atributos físicos, mas também por eles. Alta, mestiça para os dados oficiais e de feições jovens que em nada lembrava, para os padrões dessa parte do mundo, os seus quase cinquenta anos. Uma combinação ainda mais admirável com seus cabelos crespos e fartos, pele morena e olhos verdes que impunham a atenção de todos. Para os admiradores, secretos ou não, olhos verde-água no exato e único tom dos mares que cercam as Ilhas, uma dádiva em meio aos caminhos traiçoeiros do Atlântico. Aos cobiçadores de sua mão esquerda sem anéis, esmeraldas das primeiras e raras minas no arquipélago que levaram perdição e riquezas inimagináveis aos homens.

Nada em comparação com sua voz contundente, daquelas que, se jazz fosse popular entre os afortunados, faria sucesso nas paradas musicais. De natural expressividade, dava as suas palhinhas nas peças nos cursos cênicos do primário, e as más línguas especulavam sobre o sucesso de público por conta de sua presença.

No entanto, era a sua paixão pela docência que tornara o seu nome quase lendário entre alunos, pais e responsáveis. Subvertia o ensino pregado pelos livros do Departamento de Educação para prender a atenção cada vez mais dispersa de adolescentes de convicções fortes e nervos à flor da pele e, considerando que eu fui um desses pequenos demônios em potencial, hoje digo convicto, com a tranquilidade de ter sobrevivido a essa época difícil para todos nós, que seu método era bastante eficiente. A começar pelo uso fluente do "idioma brasileiro" em sala de aula, cada vez mais presente nos dialetos dos jovens em detrimento do rigor lusitano.

Sou testemunha, inclusive, que tal rebeldia não significava desatenção à parte disciplinar. Dizia com um sorriso no rosto que "não se negocia com terroristas", mas todos sabiam de suas habilidades... diplomáticas voltadas a soluções fora dos horários e holofotes dos corredores. A tão esperada justiça predestinada em seu nome.

Entre os sacolejos da estrada do bairro dos Pescadores até o Centro, em franca competição com a brasileira Anitta no rádio e mesmo desconfortável com o banco mata-lombar, recitava quase como numa peça no seu possante Chevrolet *Classic* cinza gasto:

*Vejam, por exemplo, os Estados Unidos, essa grande nação que nos deixou de legado Os Vingadores, o WhatsApp para falar com os contatinhos, e uma ditadura militar de dezoito anos. A história oficial estadunidense é baseada em um conceito pra lá de problemático: o tal 'divino manifesto'. Em outras palavras, Deus registrou no cartório celestial, com firma reconhecida e tudo, que a expansão e domínio nas Américas, e depois no mundo, é justificada e incentivada por Ele para azar de apaches, brasileiros, e (des)afortunados. Com isso em mente, hoje começamos a destrinchar os fatos e versões das histórias nacionais, dessa forma mesmo no plural, para tentar explicar essa bagunça toda que chamamos de vida.*

Assim se iniciava o seu show particular para a sua plateia formada pelos filhos e filhas dos trabalhadores de toda a região, do velho Porto dos Pescadores até as poucas fábricas de Três Arroios. Gente simples e honesta cuja luta pelo pão diário é prioridade à frente de qualquer filigrana sobre os protagonistas da História, e sabia muito bem disso. Mais do que obrigá-los a decorar datas e eventos que não lhe diziam respeito, meras repetições de textos ocos - convenhamos, meu caro leitor -, Atena propunha algo único na escola, e talvez em todo o país: voz aos silenciados, protagonismo aos coadjuvantes:

— Querido, não basta ensinar *"a gloriosa defesa do Forte de Nossa Senhora dos Pilares frente aos impiedosos subjugadores franceses no 25 de Março de 1753"*. Com todo o respeito ao imortal-já-morto e seu *favorito* Austregésilo da Nóbrega, afinal eu pago as minhas contas ensinando até como se escreve esse nome, mas não dá para empurrar goela abaixo essas palavras empoleiradas aos coitados. Funcionou bastante no início da vida docente apenas pelo mito do senso de autoridade, mas isso daí caiu em desuso. Todo mundo ali foi forjado na aspereza e na hostilidade. Do que adianta retribuir na mesma moeda?

Oficialmente, eu nunca participei de uma dessas aulas, ao menos se desprezarem as – algumas – escapulidas dos aborrecimentos de Física no mesmo horário. Não era o único a fazê-lo, o que mantinham figurativos os fuzilamentos nos olhares de Atena. Como não resistir ao pouco de alento em forma de aula? Atena fazia mais e melhor do que qualquer um.

> *Temos aqui a verdadeira linha de frente contra os franceses! A começar que não tem ninguém de sangue azul aqui nessa sala, correto? Não estaríamos em Praia das Lágrimas se fôssemos, e eles tampouco estavam no front quando as baionetas inimigas desembarcaram na Colônia. Explodiram-se todos no paiol ou fugiram ao som dos primeiros tiros de canhão. Aí o colono deixou essa bucha para quem? Para vocês. Para nós! E aí que começa a batalha de fato.*
>
> *Vejam o Rômulo ali, por exemplo. Se não estava prestando atenção, então agora preste, pois será peça essencial da nossa resistência. Com a sua habilidade de liderar o fundão da sala, não é difícil imaginar o seu ancestral convencendo e organizando os ancestrais dos seus colegas, capturados em Guiné e Cabinda por esses mesmos portugueses assustados com o avanço inimigo,*

a lutar rua a rua, beco a beco, pela mera ilusão de alforria. Até mesmo os soldados rasos, pequenos artesãos e comerciantes, formados inclusive por judeus sefarditas e mouriscos, filhos dos primeiros povoamentos coloniais impostos através dos exílios e da Inquisição, seguiriam os seus passos. As histórias sobre o saque ao Rio de Janeiro[1] ainda ecoavam pela colônia, e ninguém ali gostaria de ser refém de corsários. Sem tanta organização, verdade, o que me lembra vagamente alguns alunos e seus planos de estudos, certo Hoda e Amós, mas com fúria suficiente para atrasar o avanço das pilhagens. Improvisaram barricadas com carruagens queimadas, bombas de óleo de baleia e o que mais tivessem em mãos.

Kwame e Jeremias, dois dos melhores zagueiros que o Interclasse já viu, também fariam um inferno na vida dos franceses. Não passaria nada! Os cruímas, verdadeiros conhecedores de cada palma de terra dessas Ilhas, garantiriam o verdadeiro terror aos marujos nas armadilhas montadas nas florestas e pântanos para franceses, portugueses, e qualquer outro imperialista que ousasse subjugar seus domínios, mesmo reduzidos. Agora vocês me perguntam: e as mulheres? Mais da metade da turma é formada por mulheres. Pois bem, e essa vai aos marmanjos que falam em 'fragilidade feminina'. Tal qual Salomé para são João Batista, esses homens broncos sofreram um bocadinho. As prostitutas levadas aos navios colocaram fogo nas embarcações ancoradas

1 Após uma tentativa fracassada em 1710, os franceses bombardearam, saquearam e mantiveram a população do Rio de Janeiro refém em 1711.

*no cais, e há relatos que as esposas e concubinas em terra degolaram uma quantidade expressiva de invasores. E o que se conta? Os nobres, os oficiais, os comerciantes de escravizados para o Brasil, todos ficaram com os feriados, as estátuas e os nomes de avenidas e as medalhas, muitas medalhas! Ganharam até romances! "O berço da nacionalidade", um lindo nome dado à imortalidade na forma de uma nação parida com o nosso sangue e lamento. E nós? Falam tanto em "cooperação" entre as "raças", mas fomos todos "apaziguados" e silenciados. Eis a beleza da civilização ocidental!*

A sala de aula daquela Escola Pública à margem das grandes decisões representava mais o dito nascimento da Nação do que as imponentes telas do Museu Nacional de Belas Artes. Na aula de Atena, o Grão-Duque Dom Miguel da Santíssima Trindade ficava sempre escondido debaixo de uma das carteiras tremendo de medo, sem sinal do cavalo branco da famosa pintura, um sabre quebrado e clamando pela "união das raças" de longe, bem de longe do pandemônio. Mais do que decorar a vaidade alheia, ensinava-se cidadania, ampla e irrestrita. Seus alunos provavelmente não se tornariam advogados, engenheiros, médicos, diplomatas, burocratas, mas seriam a espinha dorsal para um futuro melhor, menos implacável se tanto.

Evidentemente que, com tamanho ímpeto, as suas aulas não tinham o mesmo apreço dos digníssimos dirigentes do país, todos sempre interessados no bem-estar geral da Gloriosa República das Ilhas Afortunadas. E diante de tamanha magnificência, a escolha de colocá-la em uma escola longe da capital, ideia pregada desde o último governo progressista e reforçada nas palavras de um grande e culto democrata - "não encher a porra do saco" - não era de se espantar. Nunca tinha reparado em seu descontentamento e a vida seguia tranquila, ao menos até o dia que tudo mudou.

O final de tarde era belo e quente, como quase todos em Praia das Lágrimas durante aqueles meses sem os típicos ventos do harmatão, e me distraía com o espelho retrovisor do carro aguardando a carona após (mais um) fracasso nas provas de matemática na iminência dos Exames Unificados de Acesso e (mais uma) negativa da garota mais bonita da sala. O apito ressoara aos ventos e corredores da 25 de Março havia bons vinte minutos, mas nada de Atena. Quando finalmente a vi, soube que as desculpas (mal) ensaiadas não seriam necessárias.

Apenas Chico Buarque impunha-se ante o silêncio do caminho de volta. Nossa casa não era lá tão distante da escola, e Praia das Lágrimas deve ser um bairro do Rio de Janeiro, mas nesse dia o Atlântico todo parou para ouvir o frenesi de seus pensamentos, e o caminho de casas de porta--e-janelas de cores claras e luzes parcas, palmeiras, galpões e pequenas roças, resistentes ao tempo que se apodera de todas as coisas, estendia-se indefinidamente.

*"E nada como um tempo após um contratempo*
*Pro meu coração*
*E não vale a pena ficar, apenas ficar*
*Chorando, resmungando, até quando, não, não"*[2]

2 Trecho da canção *Jorge Maravilha* (1973) de Chico Buarque.

Apenas quando cessou a música e começou o Jornal da Noite, Atena quebrou o silêncio, um silêncio tão absurdo quanto o noticiário naqueles dias:

*Pilares, dezessete de março de 2023. Agora são dezenove horas e dois minutos e começa o programa amigo da vizinhança, o primeiro e único jornal a serviço do povo. Eis os destaques da minha, da sua, da nossa Rádio Veritas, a imparcial:*
*Decreto do governo anistia garimpeiros e autoriza a exploração de lítio e ouro nas Ilhas do Sul. Lideranças cruímas reagem, e mineradoras estrangeiras estudam adesão.*
*Demissão de Ministro completa um mês, e crise no Departamento de Educação após reeleição persiste.*
*Inauguração do Estádio Nacional: impasse na premiação é resolvido! Flamengo e Espártaco medirão forças agora pela Copa Banco da Fortuna.*
*Boa noite!*

— O governo me quer como subsecretária de alguma coisa no Departamento de Educação. Um homem sinistro num terno maior que seu ego me ofereceu o trabalho em nome do Duque. Meu filho, isso não faz o menor sentido.

Debatemos a ideia no jantar com razoáveis doses de vinho verde, refrigerante de papaia e pizza de um cabo-verdiano que era a mais próxima de algo convencionado como tal. Não existiam tantas opções de entretenimento naqueles cantos do mundo, apesar das promessas de investimentos em turismo passadas de geração a geração, não quando você é um adolescente com a sua mãe solteira. Havia, isso sim, um fetiche por máquina, um que terraplanou o antigo vilarejo cruíma naquelas bandas e subiu supostamente um bairro-jardim, o primeiro e único de Praia das Lágrimas. De jardim-jardim não tinha grandes coisas, mas ainda um luxo fora do normal aos trabalhadores locais, um que seduzia e inebriava quanto às suas origens esquisitas e as facilidades junto ao igualmente esquisito Banco da Fortuna e o financiamento pra lá de camarada. Quem não quer água encanada e uma cozinha funcional para chamar de suas? Ali brindávamos o terceiro ano quitado a duras penas com o salário de professora de Atena – e horas extras, e aulas particulares, e madrugadas insones corrigindo e revisando textos por preços módicos - e debatíamos aquela proposta. Afinal, aquele dia era sexta-feira e, como toda sexta-feira que se preze, ideias ruins são levadas a sério.

— Aquele senhor era muito esquisito. Um arremedo de homem, mas com uma voz corpulenta que gelava a espinha. Saía das cavernas de sua alma, igual naqueles filmes antigos de vampiros que víamos na televisão – Atena servia-se de mais uma taça com o elixir guardado para situações de emergência, e essa inequivocamente era uma.

— Isso na hipótese que tenha alguma alma, né – nada como a insolência juvenil.

— O que, convenhamos, seria uma grande surpresa – Atena já ria com tudo isso, o vinho e o rascunho de Christopher Lee sem vitaminas. As notas ficariam para outro momento - Acho que já vi esse senhor antes nas coletivas do presidente, mais um papagaio onipresente entre muitos que o Duque coleciona. Gosto da empáfia e breguice desses caras. Olhe aqui o cartão do sujeito – pegou o cartão com o exagero cênico como se fosse uma carta do Papa e engrossou a voz - "Doutor Luís de Hindemburgo: assessor sênior de 2ª classe do Gabinete da Presidência de Sua Excelência Ilustríssima". Que horror! E essa combinação de cores? A cruz da Ordem de Cristo mal diagramada! Meu Deus! A crise é, sobretudo, estética!

— Essa é a elite política desse país! "Bem-afortunados somos nós, os herdeiros, pois a nós pertence o Reino de Deus" deve ser o lema desse sujeito.

As gargalhadas seguiam à madrugada, especialmente após o programa de humor do Canal 5, um alívio de toda sexta-feira após a semana de trabalho e estudo, mas o ponto de pauta permanecia:

— Não sei bem o que eles querem comigo. Esse homem é tão inapto que nada ficou minimamente claro, o quê, quando, e tendo em vista o meu histórico, o porquê. Talvez essa seja a ideia. No final das contas, só entregou esse cartão medonho com um telefone de contato. Se tivesse interesse, eu deveria ligar até domingo, e combinaria uma entrevista com alguém "acima na hierarquia", já que sequer há Ministro.

— Quando seria esse encontro? – indaguei como se assessor sênior, sabe-se-lá o que significaria isso, fosse.

— Não disse. Pra quê informações precisas, né? Não é como se um país precisasse disso ou algo do gênero, mas eu apostaria meus poucos escudos novos lá por volta da quarta-feira. É a inauguração do novo Estádio, e a nata de Pilares estará no evento. Alguém deve se dar ao trabalho de explicar essa ideia. O que você acha? O que eu deveria fazer?

O pedido por conselho surpreendeu-me e emocionou. Além da própria relação entre mãe e filho, elevada pela completa inexistência de uma figura próxima à um pai, eu sempre pensei em Atena como uma grande Musa, fonte inesgotável de conhecimento e sabedoria - coisas absolutamente distintas - não apenas dos povos das Ilhas Afortunadas, mas desse grande mistério que é a vida. Aquela-que-tudo-sabe agora pedia um conselho ao seu fedelho de dezessete anos não com um mero aprendiz, mas um igual. Uma rara encruzilhada daquelas que marcam os caminhos à frente, que se questiona após "e se escolhesse o caminho diverso?" estava ao alcance. Quantas vezes estamos conscientemente diante desses cenários? Nesse caso, e diante de grande responsabilidade, cocei o meu projeto de barba e compartilhei convicto a única conclusão lógica possível:

— Eu descolaria dois ingressos para o jogo, e depois mandaria o governo à merda.

Sequer fui repreendido pelo palavreado. Brindamos e, finalizadas as últimas taças, incluindo com certa participação deste - afinal desperdiçar as dádivas dos deuses seria pecado - fomos dormir com o leve torpor do adiantado da hora. No dia seguinte, passada a ressaca particularmente punitiva e alguns telefonemas, o caminho foi traçado: partiríamos para Pilares na quarta-feira pela manhã.

# 2.

Não foi difícil conseguir as devidas liberações da escola. Muito pelo contrário, o curioso entusiasmo da diretora e beata Maria das Dores, regente com carta branca desde o primeiro ano de governo Duque e saudosa dos "civilizados tempos de palmatória" em seu pequeno feudo sob mão de ferro, era evidente. A possibilidade de se livrar de Atena, ainda que em condições peculiares, pesava mais do que qualquer prazer com embaraços burocráticos, sua grande especialidade com os desafetos – Atena em especial. Tampouco questionaria a vontade de Pilares. Até a minha - a palavra usada foi "ridícula" - nota em matemática não foi obstáculo.

— Aquiles é só um garoto na tensão da idade, pobre homem, e de notória inclinação aos cuidados da Flor do Lácio – até as suas frases eram pegajosas.

Uma mudança e tanto para quem foi chamado de "desperdício de verba pública" em seguida de alguns poemas... espirituosos em sua homenagem nos tempos de jornal do Grêmio Estudantil. De qualquer forma, suficiente para o salvo-conduto no dia letivo. Os demais dias da semana não seriam problemas, pois o governo decretara pontos facultativos diante "tamanhas festividades em prol da Nação".

Conseguir os ingressos, por outro lado, não foi tarefa das mais simples. O tal assessor vampiresco, com o afã de concluir a tarefa designada por *Sua Excelência Ilustríssima* o Duque por qualquer meio necessário, não mediu esforços a satisfazer os modestos pedidos, sua especialidade no ramo dos mais estratégicos na Gloriosa República. Enviou mensagens, fez ligações, despachou com secretários, subsecretários, e coordenadores dos Departamentos e agências, cobrou favores dos presidentes e diretores das empresas estatais, ofereceu outros tantos para lideranças do Espártaco F.C, negociou informações com jornais, mas conseguiu o par de ingressos para o jogo, além de outras coisas que jamais saberemos:

— Já tinha esquecido como funcionam essas coisas em Pilares. Nada é ou vem fácil. Carimbos e apertos de mão são o que movem o país – confidenciou Atena.

A dificuldade era explicada pela demanda extraordinária da partida. Como o leitor deve saber, as Ilhas Afortunadas não são conhecidas por sua vasta tradição no futebol e pelo esporte em geral. Duas medalhas em Jogos Olímpicos e olhe lá, incluindo uma prata na natação durante o Rio 2016[3]. Contudo, a inauguração do Estádio Nacional foi divulgada como um verdadeiro marco na história do povo afortunado, um evento imperdível diante as ambições refletidas em sua arquitetura imponente.

Nem de longe a nova arena lembrava o simpático estádio de arquibancadas de concreto inaugurado pelo Santos

3 Depois de um caso de doping? Depois de um caso de doping, mas quem se importa?

de Pelé e localizado na Rua do Hospício. O "Estádio das Tormentas" para os torcedores mais entusiastas foi, por muitos anos, palco de decisões tão impetuosas quanto as violentas tempestades e árduas correntes que circundam o arquipélago.

Lembro-me do *grafitti* dos líderes de revoltas dos escravizados, os traços tradicionais e suas cores amarelo e bordô vibrantes, os arcos de ferro entrelaçados na cobertura e desenhos nos arredores das lendárias coreografias de batalhas dos povos cruímas ao longo da história. Uma parada obrigatória nas férias com o meu tio Ares, quase sempre com jogos do Sankara F.C, o meu time do coração e de Praia das Lágrimas, no itinerário.

Fico com a lembrança de um clássico contra o Espártaco logo no primeiro ano de governo Duque em que, desafiando todas as probabilidades, ganhamos o jogo de virada nos minutos finais. Os golaços de Oba-Oba Moutinho, ídolo máximo digno de Europa, foram essenciais para o título, fazendo jus à homenagem ao primeiro líder cruíma que ousou desafiar a ocupação portuguesa.

Também fico com o semblante de meu tio que, como um bom homem do povo e torcedor dos Estivadores, o clube mais popular das Ilhas, mantinha um entusiasmo oblíquo com o meu encanto de menino. Diz que não foi bem assim, que a arbitragem não marcou um pênalti clamoroso no primeiro tempo, mas fico com o meu relato. A memória contada é melhor que a memória vivida.

O estádio era simples, mas apropriado para a sua gente, harmônico com suas tradições e com a comunidade presente ali do bairro de Pretos Novos. Todos ali pertenciam àquele lugar próximo do cemitério dos escravizados que morriam nos navios tumbeiros com destino à colônia no novo mundo. Fico divagando por vezes o que aqueles casebres e barracos, muitos anteriores à independência da pretensa Nação, testemunharam ao longo dos anos contados por outros calendários. Desde antes à chegada de Vasco de Ataúde em seu naufrágio espetacular ali se mantinham espaços de memória, e um mero acidente do destino fez com que se desgarrasse a nau da esquadra de Pedro Álvares Cabral e descobrisse as Ilhas agora chamadas de Afortunadas. O acaso sorriu para os portugueses, e hoje, por fim, estão todos arrasados.

"Decadente", na visão do Duque e seus estadistas ao canetar, com a elegância de uma marreta, a demolição do terreno. A Gloriosa República necessitava de um monumento para novos tempos, um futuro mais civilizado, e eis que agora ganhava forma o "Coliseu do Atlântico", uma réplica romana moderna e revestida em mármore branco e aço. Eis o que necessitávamos! Uma grande estrutura para shows e eventos, lojas e restaurantes e a vastidão de seus sessenta mil lugares marcados, dimensões impressionantes para um arquipélago desacostumado com a oferta de grandes espaços e todo tipo de pompa e circunstância.

Evidentemente, a arquitetura e o gigantismo não eram os únicos chamarizes do evento. Afinal, outras duas circunstâncias estariam presentes ao mesmo tempo. A primeira, e mais óbvia, era a própria partida escolhida para o pontapé inicial.

Houve certa desinteligência na escolha dos times e nos detalhes técnicos da festa, a começar pela falta de uma estrutura básica para a seleção nacional com o recente levantamento das sanções pela FIFA. Afinal, depois de tantas interferências do governo na federação de futebol, não existia um simulacro de seleção pronto para jogo.

O "plano A" do Ministro de Esportes, a medalha de prata em pessoa, era convidar "um Real Madrid, Paris Saint-Germain ou Manchester City da vida". Um desfile de craques voltado para a projeção de Pilares – bem como os rostos de seus líderes - por milhões ou quem sabe bilhões de pessoas ao seu lugar de direito na ordem internacional. A proposta parecia interessante, sem qualquer – só um pouco – brincadeira. Vídeos com várias dancinhas constrangedoras seriam gravadas com as belezas e riquezas da nação ao fundo, ativações nas redes sociais foram planejadas sobre as glórias passadas e futuras da Nação.

Tamanha audácia foi proporcional ao seu fracasso. Ora, faltou combinar com os donos do dinheiro. Agendas apertadas com a temporada europeia, com ênfase em compromissos contratuais na Arábia Saudita, Catar e Emirados Árabes Unidos, tornaram os devaneios do Ministro em ruínas.

Resposta para um devaneio é um devaneio e meio. Convidaram, então, os três grandes clubes portugueses, e houve apenas desprezo como resposta. Sporting e Porto negaram laconicamente os convites, e o Benfica nem se deu ao trabalho. Considerando que Portugal expulsou as Ilhas Afortunadas de seu território, não foi algo tão inesperado. "Independência à revelia" é o termo elegante dos professores. Sem as rotas do tráfico negreiro ao Brasil, o interesse econômico da Metrópole minguou ao passo que, com a destituição da Casa de Bragança, a única função que encontraram às Ilhas Afortunadas antes de nos mandar às favas foi o exílio da pior casta de monarquistas. "O grande mal-estar de um país jovem e ressentido", Atena ensinava em uma de suas aulas preferidas.

A gota d´água, no entanto, foi o furo de reportagem do Canal 5. Alguém deixou escapar que, diante tantas frustrações, o Ministro optou por um projeto mais módico, um que envolvesse um clube africano. Wydad de Casablanca, o Al Ahly do Cairo e o Petro de Luanda, clubes citados na matéria, são esquadrões comparados com os times locais, mas caiu no pecado original dessas terras. "Isso aqui não é o Congo!", algum engravatado na rua sentenciou, e não haveria medalha no mundo suficiente a salvar o emprego do Ministro.

Nesse caso, todas atenções foram voltadas para a única solução possível à altura das pretensões do governo: o Brasil. A opção mostrou-se certeira em uma união invencível entre o útil e o agradável. Além dos laços umbilicais entre as nações, com as Ilhas servindo de entreposto das rotas mais prósperas - uma outra forma de apontar monstruosa perversidade - da escravidão entre Guiné e Luanda e os portos de Salvador e Rio de Janeiro, houve um interesse mútuo de aproximação para novas oportunidades de negócios.

A opinião pública ficou dividida, com os conservadores mais ortodoxos esbravejando suas desconfianças "dessa recente invasão brasileira nos costumes, no idioma e na cultura luso-afortunadas". Todavia, o acerto com o Flamengo ofuscou qualquer depreciação da escolha pessoal do Duque. Dizem os incautos que não há planejamento a longo prazo nas Ilhas Afortunadas, mas estão enganados. O investimento maciço da emissora estatal com a transmissão da agônica Copa Libertadores de 2019 valeu cada centavo e a legião de fãs, cuja respiração parou nos últimos minutos daquela final, já tinha algo novo a ansiar. A óbvia opção pelo Espártaco como representante das Ilhas e a promessa de subvenção estatal nos preços apenas sacramentariam "o maior evento de nossas vidas".

No final das contas, um acordo do tamanho das pretensões do governo. Garantias aqui, cem milhões de escudos novos - uns dois milhões e meio de dólares - em premiações acolá, detalhes de logística e segurança anuídos pelo governo, e um exército de advogados e avalistas à disposição. Uma visão moderna de mundo custa além dos cifrões.

Falando em negócios, eis a segunda explicação para a procura fora dos padrões. A apelidada Copa Banco da Fortuna garantiria o metro quadrado mais exclusivo ao sul do Atlântico, ao menos por algumas horas. Talvez prefiram a discrição dos chás e dos almoços oferecidos nos hotéis e casas de veraneio, locais propícios à paz de espírito e os bons acordos da nação, mas uma partida de futebol tem as suas vantagens. O manejo do tempo e disposição da elite é uma *commodity* rara que poucos sabem gerir com eficiência, justamente a especialidade do banco cuja explosão meteórica de investimentos e contratos ocorrera curiosamente nos últimos anos. Ver e ser visto, esse era o mote do banco e de qualquer um ávido pelo evento campeão de audiência e cliques, muito acima das capacidades usuais de engajamento em todos os sentidos. Ninguém deseja morrer em vida.

A engenhosidade estava em bom som nas manchetes da Rádio Nacional, administrada pelo governo e a única que conseguia transmitir em todos os rincões do país. Entre um cochilo e outro no caminho até a capital, os louros foram transmitidos à exaustação.

*Sucesso de vendas! Ingressos para Espártaco e Flamengo se esgotam em horas após filas enormes surgirem nos pontos de venda do Departamento dos Esportes. Polícia é acionada diante as confusões entre torcedores que se acotovelavam pelos últimos bilhetes e denúncias de desvios para cambistas.*
*Mais cedo, os gabinetes dos Chefes da Assembleia da República e do Supremo Tribunal de Súplicas confirmaram as suas presenças junto ao Camarote Presidencial de Honra. Fontes do Paço dos Arcos indicam que o Presidente, o Duque Sebastião, discursará da tribuna e antecipará algumas ideias da sessão extraordinária agendada para segunda-feira.*

Não que o caminho fosse exatamente longo entre Praia das Lágrimas e Pilares, ainda que o conceito seja relativo em comparação com o continente brasileiro. O problema está nas estradas de parca pavimentação e a balsa indolente entre as Ilhas de Boa Entrada e São Brandão que tornam um simples - e até belo - percurso entre as cidades com as colinas verdes e mafumeiras resistentes às plantações de café e cana de açúcar em uma expedição. Ao menos as praias de areias negras e águas aquareladas ainda desconhecidas pelo resto do mundo valem o percurso.

Entediada com a monotonia do rádio e meus roncos, Atena me acordou quando entrávamos em Pilares. A resistência das belezas naturais foi substituída pela ferrugem dos contêineres no porto, a degradação dos casebres com tijolos e pichações em profusão, e a infinidade de Duques em todos os ângulos possíveis em cartazes e painéis uns seguidos de outros à mostra desde as últimas eleições. Todos conservados passadas as intempéries do tempo.

— Uma pena que escolheram os Estivadores para esse jogo. Seria muito mais divertido se fosse o time do Exército igual da última vez – já murmurava após o último dos bocejos – Desligaram até os refletores quando do quinto gol de Pelé para felicidade do povo e constrangimento do Generalíssimo.

— Bem, talvez seja exatamente isso que queiram evitar, Lelê. Os dias seguintes ao jogo foram duríssimos. Seus avôs mantiveram-se alheios, claro, encantados pelos tambores da guerra contra o bicho-papão vermelho para adultos, mas todos foram lembrados das consequências desta humilhação. Era muito nova, mas seu tio Ares já tinha noção das coisas. Nada é mais perigoso do que um homem medíocre contestado em público. Peça ao seu tio para lhe contar sobre essa história se já não o fez em outras treze oportunidades.

— Estou feliz que vamos ao jogo juntos, mãeínha. É a sua primeira vez no estádio?

— Não é exatamente a minha primeira vez. Dava umas escapulidas da faculdade para ver algumas partidas quando sobrava um troco com a bolsa de estudos, e isso quando não atrasavam os pagamentos, mas só. Nunca sozinha, e em hipótese alguma perto dos ultras. Não era proibida de ir, propriamente dito, por seus avôs, mas também não era incentivada. Não era um ambiente assim tão acolhedor, pelo menos no meu tempo, e Ares também não fazia muita questão de me levar. Aí com o tempo a gente vai desencanando. Até preferiria a quitação de algumas parcelas da casa ao invés dos ingressos, mas também estou feliz. Quem sabe com essa reforma a gente possa frequentar mais, né? Juro que dou sorte ao Sankara!

— Isso. Quem sabe... vamos ver como se sairá hoje com o Espártaco. Menos de três a zero eu nem comemoro. Para o Flamengo, claro – Atena sorria enquanto mergulhava novamente na preguiça de meus pensamentos.

Enquanto Atena seguia para o Departamento de Educação para o seu compromisso inadiável com a História, eu perguntava pela décima quarta vez se era tudo isso que os mais velhos falavam, o encantamento com a excursão do Santos de Pelé por essas terras e os dias de chumbo que se seguiram.

# 3.

Impossível não gostar do meu tio Ares e de sua simpática casa às margens do Largo da Gambiarra, o verdadeiro centro cosmopolita de Pilares. "O coração de uma cidade encontra-se em seu comércio popular", não cansava de falar enquanto nos perdíamos por aquelas vielas tortuosas, apesar de conhecermos cada paralelepípedo solto no chão. Nós nos superávamos nas barganhas mais atrevidas envolvendo os itens mais inusitados somente encontrados nesses bazares em franca competição. Vende-se de tudo, e o preço ali é mero ponto de partida às negociatas. Se comprássemos o bolinho de uma venda, necessariamente deveríamos prestigiar o tempero do vizinho no passeio seguinte, e assim por diante a cada cheiro novo, cada peixe à mostra e tira gosto teimoso nos cardápios.

Todo indivíduo se encontra no mundo em algum lugar, e o meu é ali, imerso no conforto das memórias de infância e pertencimento ao povo que ali faz o seu sustento. Apesar da agitação, uma sensação de paz no entrar e sair de suas lojas históricas, resistentes à decadência desde os tempos coloniais.

Não surpreende, portanto, quão conhecida era a figura de Ares na região. Um homem mestiço, baixinho e acima do peso zanzando por aí de sebo em sebo, de bodega em bodega, defendendo a revolução, os bons livros acompanhados de cervejas e sua barba diante a tirania da calvície. Não é exagero retratá-lo como uma rara unanimidade entre árabes, cabo-verdianos, são-tomenses, cruímas, judeus, e afortunados de todos os grupos. Nas raras ocasiões em que desconhecia um atendente ou vendedor, bastava contar sobre a doce ironia de seu nome, uma homenagem ao deus grego da guerra durante as prévias do golpe militar do então tenente – e depois empossado *Generalíssimo* - João Ribeiro, na forma de um comunista. De qualquer forma, preferia o seu apelido "Juba", uma graça envolvendo a origem de um funcionário somali na maior barbearia da região.

O dia foi bastante agradável, com direito às paradas obrigatórias no sebo Quebra-Galho do seu amigo Tayeb, onde compramos um exemplar raro de *Sararau* – campeão de audiência nos Exames – e um belo *Deserto dos Tártaros*, e na Sorveteria da Árvore Frondosa com seu inigualável sabor de manga, mas meu tio deixava claro o incômodo – e confusão – com essa história de Atena.

As eleições gerais de 2022 foram as mais acirradas desde a redemocratização, quiçá da Gloriosa República, e afetaram os ânimos de todos os afortunados. Mesmo alienado dos grandes debates, já que o voto de menores de idade não é permitido, era impossível não reparar na agitação daqueles dias desgastantes, especialmente na aspereza no trato familiar.

Pelo lado do meu tio, a campanha foi aberta e ruidosa a favor do ex-presidente Pedro Mambembe, do tradicional e progressista Partido do Congresso Popular. Até emagreceu de tanto participar das passeatas e de carregar panfletos em sua bolsa-carteiro. Livro de presente? Recebia um panfleto como marca-página. Alguém deixava a mochila aberta no ônibus? Recebia um panfleto surpresa. Seu ídolo de militância estava de volta ao jogo político, um exílio auto imposto em Lisboa encerrado em grande estilo, e Ares esteve disposto a tudo nesses meses intermináveis. Questões envolvendo os problemas de saúde do ex-mandatário e escândalos envolvendo doações curiosas à sua fundação, por exemplo, foram respondidas com uma ferocidade típica do momento, mas incomum à doçura costumeira.

De Atena, apenas recebia desdém. Cultivava em si uma amargura silenciosa e de raízes fortes ao longo dos anos, alimentada com paciência e fervor. Sentia-se traída pelos movimentos de esquerda, cuja intelligentsia julgava ser mais próxima à um clube do chá do que a realidade do povo. Não tocava muito no assunto, mas repetia à exaustão que seus dias de militância, e não foram poucos, foram arruinados pelos meandros do poder daqueles que depositara a sua fé. Votou em branco para o horror de Ares. Nem mesmo as matérias em sua revista eletrônica Dínamo, muitas delas bombásticas, demoveram Atena. A cada negativa, um ferimento nas relações entre os irmãos. O uso sistemático de aviões das Forças Armadas para carregar cocaína até Portugal e Espanha. O desvio de recursos da saúde na pandemia de covid-19 e o grande número de mortes entre os povos cruímas. Nada. No final das contas, Duque Sebastião, do recentíssimo Partido Aurora dos Afortunados, foi reeleito com um pouco mais de 50% dos votos, e agora Atena ouvia uma proposta de trabalho no governo.

— Não entendo o que passa na cabeça de sua mãe, sinceramente. Minha irmã é a pessoa mais inteligente que eu conheço, mas tem hora que é insuportável. Será que o salário é tão alto assim que a fez balançar para esse desgoverno? É o Departamento de Educação, e não a Defesa! – falava enquanto fingia ler um livro de poesia escolhido aleatoriamente na estante tão imponente e empoeirada quanto as do sebo.

— Duvido que seja sobre dinheiro – respondi enquanto observava, durante o entardecer, as samambaias na ampla sala de estar em um pseudo *art déco* sobrevivente da globalização e de gerações da família naquela casa – talvez queira de alguma forma contribuir para o país. Anos de governos de esquerda e a única coisa que recebeu foi reprimenda nas greves por melhores condições de trabalho e questionamentos sobre o ensino.

— Contribuir para o país? Com esses saudosos das Cruzadas? Vai apenas vender a sua alma com quem sequer se negocia um carro usado – respondeu Ares invocando uma fúria inédita, ou o mais próximo que conseguia do panteão divino – Eu admito que certas situações nos anos Mambembe merecem uma análise... crítica, mas esse amargor todo é injustificável. Não há semelhança entre eles.

— Bom, melhor ela cuidando da Educação do que o antigo Ministro, mais preocupado em levar ouro clandestino para a Europa do que pagar a limpeza da Universidade Autônoma de Pilares.

— Não sei, meu sobrinho. Não sei... Pode ser – voltou resignado ao seu livro - *"Não nos peças a fórmula que te possa abrir mundos, e sim alguma sílaba torcida e seca como um ramo. Hoje apenas podemos dizer-te o que não somos, o que não queremos*"[4] - concluiu Ares sem espaços para novas respostas à sua indignação.

Depois de algumas horas do combinado, finalmente Atena chegou para darmos início ao plano do jogo, cuja ansiedade ganhara contornos dramáticos e substituía qualquer lembrança do pequeno embate.

— A única certeza nesse país é o atraso, meu filho. Já deveria estar acostumado – brincou Atena em meio às desculpas pelo descumprimento do combinado – É claro que a reunião atrasou, a recepção não sabia se autorizava a minha entrada, me levaram para o andar errado. Enfim, uma quarta-feira padrão nas Ilhas Afortunadas. Fiquei de responder até amanhã – e nada mais disse.

Após um banho restaurador e um lanche, oportunidade em que nenhuma palavra da reunião foi trocada propositalmente, eu e Atena – tio Ares fez questão de rejeitar qualquer oferta de ingresso – seguimos para o Estádio Nacional. Não com o nosso carro, mas em um furgão do governo junto com outros convidados escolhidos a dedo sabe-se lá por quem e sabe-se lá para quais propósitos. Minha mãe sempre me ensinou a não ficar reparando nos outros ao nosso redor, mas aqui vale o comentário. Enquanto estávamos arrumados para, ora, um jogo de futebol - eu com a camisa do Sankara em grená e detalhes amarelos da última temporada e uma bermuda, e mãeínha com uma calça jeans mais ou menos nova e uma blusa preta com riscos

4 Trecho de *Ossos de Sépia* (1925) do poeta italiano e vencedor do Nobel de Literatura Eugenio Montale.

vermelhos - os demais aparentemente iam à uma espécie de final tropical de Wimbledon, com seus vestidos de gala e chapéus e ternos e gravatas em claro sofrimento pelo calor alheio aos protocolos da moda.

Chegamos com certa tranquilidade, em contraste com os arredores lotados por populares que se digladiavam para alcançar as entradas em meio aos bloqueios policiais, os poucos manifestantes contra os gastos públicos e o fim do patrimônio histórico do bairro, e o exército de ambulantes com camisas do Flamengo e Espártaco, espetinhos para todos os gostos e cervejas gelando em isopores carcomidos. Os nossos lugares, ficcionalmente marcados nos bilhetes, também eram ótimos, e a subida da rampa em direção ao gramado gerava um êxtase em qualquer um diante da grandiosidade de suas dimensões, tecnologia e a opulência em seus requintes.

Com a subida ao campo dos times para o aquecimento e o show de hip hop dos Falsos Agiotas, o frenesi das arquibancadas estava completo. O maior exemplo foi Atena, em nítida euforia com a oportunidade de ir à um jogo de futebol em um país ainda reticente com o papel da mulher no esporte bretão. Sentia-se plena, uma em meio à multidão em pleno exercício de quem gostaria de ser sem as recriminações que lhe acompanharam a vida. Que o digam os seus gingados nas batidas dos sucessos, os abraços e as *selfies* que tirávamos sem parar e enviávamos ao tio Ares na mesma proporção.

Assim reparou o Duque Sebastião, já no Camarote Presidencial à nossa direita e de feições satisfeitas com a sua criação em conversas reservadas com os dignitários presentes e nada discretos. Notei o seu braço-direito Tício Olowo, Fiscal-Geral da República, e algum dos muitos Ministros do Supremo Tribunal de Súplicas indicados no último mandato. Um homem mediano em quase todos os quesitos. Altura, beleza, instrução e carreira militar, tudo entre aquela zona cinzenta entre a ausência de grandes louros e um histórico razoavelmente satisfatório. Até nas roupas não passava de uma nota seis, com sua camisa social azul clara austera e mangas dobradas, calça sarja clara e sapatênis genéricos e indignos de maiores explicações.

A ascensão do presidente passa pela habilidade em tornar tais impressões em suas maiores qualidades no páreo político. Todo político propaga que é um homem do povo, mas a chave do sucesso é o verniz de autenticidade, e nisso ele foi um fenômeno.

Estourou na opinião pública como o filho bastardo dos Abreu e Lima, autoproclamados defensores da Cristandade e herdeiros dos últimos nobres a governarem o arquipélago. Varridos do poder junto com as suas quinquilharias ducais, a *família imaculada da Nação*, imbuída no imaginário coletivo por seu recato e fubanguice, restou presa à mais suculenta das fofocas: a rejeição ao primogênito diante a sua cor de pele. Para cada episódio de preconceito racial, sexo e violência desvendado, mais o interesse na figura de Sebastião emergia das redes sociais às conversas de botequim e mesas de jantar. As conversas miúdas viraram entrevistas, que se convertiam em discursos, e quando todos se depararam, as ruas já estavam tomadas por manifestos coléricos e marchas castrenses por cada filho abandonado dessa gloriosa nação.

Os analistas dos jornalões, todos brancos e alinhados, riam de suas colocações impróprias e sem concordância verbal. "Uma febre passageira", repetiam como mantra, todos cegos quanto ao óbvio. Sebastião soube projetar-se como a personificação desse povo ressentido e eternamente condenado ao epitáfio de "país do futuro". Jovem igual aos demais, e até em comparação com Atena. Mestiço, ainda que prefira mostrar a pele a falar abertamente a respeito. Um símbolo entre o passado mal resolvido e o futuro em constante negação, pronto ao resgate daqueles deixados ao mar à própria sorte. Ingredientes perfeitos para esse neosebastianismo que lhe rendeu, além dos dois mandatos como deputado mais votado e agora a Presidência da Gloriosa República, o título extraoficial - e marca registrada - de Duque das Ilhas Afortunadas.

Após a apresentação e dos avisos sonoros, iniciou o seu discurso para um estádio abarrotado, bem acima da capacidade e no ponto certo de suas expectativas e do país:

> *"Deus, pátria e tradição. Avante, Ilhas Afortunadas! Serei breve porque, apesar de ser político, não sou louco de competir por atenção com os craques do Flamengo e Espártaco. Vamos, Estivadores!*
>
> *Hoje é um dia histórico para o nosso país, esquecido por anos por quem sempre se aproveitou do suor de nossa gente. Quis o destino que Brasil e Ilhas Afortunadas, irmãos unidos e inseparáveis pelas páginas da História e laços de amizade, fossem os protagonistas dessa noite extraordinária.*
>
> *Já fomos parte essencial do maior império que o mundo*

*já viu, nossos mares foram testemunhas de suas façanhas e riquezas, mas às custas da liberdade e do sangue de nossos irmãos e irmãs. Nunca mais! Fomos abençoados por Deus com tantas belezas e tesouros, e agora estes servirão não para alguns poucos, não ao sistema que explorou nossa gente e quer voltar ao poder, mas ao povo que deseja contribuir para um futuro melhor! Nós voltamos à civilização! Essa arena, das mais modernas e bonitas do mundo, é um presente dos filhos legítimos dessa terra para todos os cidadãos de bem. Olhando o nosso passado, nossas virtudes, tradições e conquistas, nós projetaremos um futuro cada vez mais glorioso para nossas famílias e para essa grande nação! Bom jogo a todos!"*

O encantamento nos olhares fazia-os brilharem tais quais os refletores do Coliseu e os aplausos dos convidados ressoaram por toda a arquibancada. Eram testemunhas da História, e o futuro, aquele realçado à utopia, agora ao alcance de suas mãos. Atena, por outro lado, expressava um semblante contraditório com o turbilhão em sua mente, pois captara o peso de cada palavra do líder da nação, mas ao mesmo tempo refutava sinceramente os seus reais significados. O caos que tomava conta de si apenas cessou com o pontapé do jogo, e se dissipou ao longo do espetáculo dos noventa minutos seguintes. Senti falta das bandeiras, sinalizadores e das músicas tradicionais, trocados pelas *selfies*, gritos e palmas.

O Espártaco até que lutou bravamente no primeiro terço da partida, com a atuação predestinada do goleiro

Milagres nos chutes perigosos de Éverton Ribeiro e Pedro para loucura dos milhares de presentes, mas sucumbiu. Pênalti infantil em Gerson e convertido por Gabriel Barbosa para a festa da barulhenta torcida dos FLAFORTUNADOS, formada por brasileiros trabalhadores na embaixada e nos escritórios da Petrobrás e Vale, atrás de uma das balizas. Os alvirrubros da capital entenderam todas as nuanças do apelido Gabigol, tão popular no Brasil, com mais dois tentos ainda no primeiro tempo, e no intervalo todos nas arquibancadas já posavam com os braços flexionados para os *posts* nas redes, incluindo o próprio Duque que se deliciava – e se deixava clicar – com uma cerveja em mão. A festa ficou perfeita com o gol de honra de Romarinho das Ilhas em bonita jogada pela esquerda da defesa rubro-negra logo no início da etapa complementar. Enquanto a torcida fazia a ola sem qualquer sincronia, Filipe Luís e Pedro, este com um chute antológico de escorpião e comemoração em homenagem ao lesionado Giorgian De Arrascaeta, deram os números finais para delírio de todos.

Com tamanha euforia, nós tendemos a cometer algum absurdo. Antes de retornarmos para a casa de Ares, eu gastei as minhas economias numa camisa do Flamengo vendida por um ambulante que driblou o perímetro de segurança e minha mãe tomou a sua decisão. No dia seguinte, lá estava o nome de Atena Nanisca da Silva publicado no Diário Oficial na grande reforma prometida para o Departamento de Educação.

# 4.

"Subsecretária de Operações Estruturadas, Estudos e Projetos Estratégicos do Departamento de Educação da Gloriosa República das Ilhas Afortunadas", assim dispôs um pomposo e burocrático título eufemístico para "solucionadora dos grandes problemas do Ministro". Nas palavras vaidosas de Atena, ela foi pessoalmente indicada para gerir "a *crème de la crème* a serviço do país". Nas palavras do novo Ministro na cerimônia de posse, devidamente boicotada por Ares:

— Temos aqui uma verdadeira tropa de choque do Departamento com o que melhor existe a oferecer ao povo, um Projeto Manhattan voltado para a solução definitiva contra a guerra em face da péssima educação dada aos pagadores de impostos... sem, claro, a parte da bomba atômica – para as risadas protocolares dos colarinhos brancos e o discreto constrangimento dos funcionários do cerimonial.

O que são as belezas das coincidências em um país pequeno. Doutor Pedro Lins de Cavalcanti, eleito com a bandeira da família™ e um dos líderes do Partido do Centro Democrático no pós-reeleição, foi, oras, colega de Atena dos tempos de UAP, a Universidade Autônoma de Pilares.

Ela no Centro de Ciências Humanas, e ele da Faculdade Nacional de Direito. Algumas disciplinas conjuntas por falta de professores ali, algumas esbórnias dos diretórios sem as amarras dos militares de outrora acolá, os constantes cancelamentos de aulas às sextas nos roteiros, e os desvios da vida encontram-se de repente. Pedi que me poupasse dos detalhes sórdidos e, com um sorriso nostálgico, assim fez.

O Ministro permanecia desde então, nas palavras dos homens frágeis, bem-apessoado. Do meu lugar da plateia improvisada, montada às pressas e em constante arrumação com o número em excesso de convidados e familiares, resplandecia a sua pele alva e sua barba meticulosamente ajustada tal qual o seu terno azul marinho de alfaiate. "Lisboeta, claro", alguém comentava com um dos jornalistas escolhidos a dedo. Um belo contraste com o conjuntinho rosa semiaposentado de Atena, presente que se deu com o primeiro salário e guardado apenas – e tão somente - "aos dias de glória", e dos demais figurinos puídos da proclamada nata intelectual do país.

Por outro lado, os militares à direita da nova equipe de Atena, em maior número e também empossados para outros cargos da nova hierarquia ministerial, estavam todos impecáveis. Os uniformes de gala em verde-oliva faziam jus ao status, com seus fios egípcios exaustivamente passados pelos recrutas a serviço da Nação e as dragonas folheadas em pirita. Todos ali impávidos com o peso das – inúmeras! - medalhas de bravura por guerras imaginárias travadas na penumbra dos gabinetes afortunados das Forças Armadas.

O salão nobre do ministério era tão grande quanto belo, decorado em minúcias com um mosaico de azulejos portugueses ao estilo das igrejas históricas da capital, porém mais preservadas. Representavam a primeira aula de catecismo dos jesuítas aos povos cruímas, cena clássica das capas dos livros didáticos, e complementado por um acabamento que flertava com o barroco, claro, além de um imenso lustre de cristais – dizem – da Bohemia sobre as nossas cabeças. Ninguém ali era jesuíta, mas rezávamos para que a manutenção estivesse em dia. Ainda assim, o local não comportava as palavras do Ministro, agora acompanhado pelo novo Chefe de Gabinete do Departamento. Sim, o nosso amigo vampiresco em seu terno fúnebre.

— Mais um dia histórico para essa gloriosa nação, verdadeiramente histórico. Lançamos hoje aquele que será o maior legado que esse país já viu. Nos últimos anos, o governo, com muito sacrifício e luta contra os seus detratores internos e externos, removeu o entulho de um passado indigente e lançou a fundação, ou melhor, a refundação de um novo país.

Aplausos breves dos deputados e militares presentes, e um aceno preguiçoso de Atena. Preparara um discurso breve “em caso de necessidade”, uma mistura de quando foi patrona da última formatura do colégio e dos tempos em que flertou com a política. “Deve-se ganhar os corações e mentes com a utopia possível, uma contradição que vale para alunos e partidários”, comentou às paredes quando redigia comentários sobre linhas imaginárias em um papel sem pauta. Apesar do silêncio, a mão à procura da cópia em um dos bolsos dizia tudo.

— O que iniciaremos hoje não trata apenas de uma mera promessa, mas por ser o moralmente correto nessa luta entre o Bem, representado por nosso Sereníssimo Duque que apenas deseja preservar as nossas crianças, e o Mal, vós sabeis quem, que busca corrompê-las com falsas promessas e ideologias!

Mais aplausos dos deputados e militares presentes, e, para inquietação de Atena, um assobio estridente de algum convidado que, se não fosse a artrose, subia na cadeira.

— Agora, com o mandato renovado com as benções de Deus e as instituições cada vez mais afinadas e conscientes de seus papéis, nosso desafio é erguer os pilares de uma nova estrutura, uma que atenda aos anseios de todos, e não de um sistema sem face e sem escrúpulos. Com a vitória ao alcance das mãos, não é o momento de descansarmos! Rumo enfim à um futuro mais próspero e glorioso para todos!

Intimados pelo primeiro convidado, que só depois reparei que participara do governo de Pedro Mambembe também pelo Centro Democrático quando ativo na vida pública, todos aplaudiram de pé por poucos, mas longos minutos. Atena, talvez por reparar que ali era no máximo uma patronesse, rasgou o discurso na primeira oportunidade.

O Duque não esteve presente nessa inauguração, pois, nas palavras de Ares, "um alérgico à educação tinha mais o que fazer". O seu projeto "Futuro da Nação" - apelidado carinhosamente de "Futuro do Pretérito" na Revista Dínamo ao saber de tamanha criatividade - consistia, entre outros pormenores, na criação de diversas equipes de "operações estruturadas" na organização ministerial. Se não nos dignou com a honra de sua presença, o líder participara, ao longo de todo o dia, nas posses das equipes nos Departamentos de Assuntos Internos e Ordem Social (ex-Justiça),

Imprensa e Comunicação (antes só Comunicação), e Defesa Nacional (acrescentou-se o Nacional com o mesmo esplendor da palavra "Gloriosa" no nome oficial do país durante o primeiro mandato).

Diante a animação geral dos presentes, testemunhas oculares de um momento que julgavam singular, não notei um sentimento de desprestígio entre os encadeirados. Contudo, uma convidada ao meu lado esquerdo com um colar de pérolas sinuoso, esposa de um dos indicados e aborrecida com os protocolos de papéis-assinaturas-diplomas-fotos para cada um dos novos burocratas, lamentou entre bocejos a ausência de mais mulheres e não-brancos nos novos postos. Ficou feliz ao saber sobre a razão da minha presença, e confidenciou que Atena seria "sem sombra de dúvidas o mais belo rosto de uma nova era do país". Encerrada a cerimônia, todos acotovelaram-se em direção ao terraço do edifício para o rega-bofe como se suas vidas dependessem disso, e a digníssima desejou-nos bons ventos.

Havia um quê de deslumbramento no ar, mas quem poderia nos julgar? Os canapés, os camarões flambados, os garçons de smoking branco servindo whiskey escocês e vinhos da Madeira mesmo em um calor tirânico - os meus dezessete anos e meu terno grafite de debutante passaram incólumes por um deles, a valsa - a valsa! – e um pouco de fado. O Olimpo reunido. Tudo nos comovia naquele entardecer abafado no coração de Pilares.

Enquanto a horda atracava-se com a mesa de comilanças, para horror dos nobres em óleo e tela, perdia-me nos jardins secretos aos olhos dos pobres mortais. Registrei tudo o que era possível. As lindas, porém, exóticas bromélias e helicônias. Alguns cactos e abacaxis-roxos que eu não entendi muito bem. As cascatas com suas carpas alheias aos rumos do país, e estátuas de mármore – muitas estátuas – de divindades greco-romanas, incluindo uma de Atena – a deusa - em túnicas clássicas com o seu escudo e uma Medusa centralizada. Nenhuma do panteão dos povos cruímas ou da diáspora. O passeio foi encerrado junto ao pavilhão de bandeiras nacionais, local em que me fotografei entre uma Cruz de Cristo, onipresente aos olhares dos convidados, e as faixas horizontais azuis e branca. Depois garanti algumas empadas de camarão, claro.

Já próximo ao final das festividades, eu encontrei Atena observando a vista na sacada do terraço. O olhar perdido entre a baía de Santo Antônio, os pescadores ao fundo lutando contra o mar agitado, e a tempestade se formando no horizonte, tomando para si o sol que se punha ao largo dos pilares esculpidos na rocha do Morro da Tentação como se ali fosse a sua morada.

— Senhora vista, não? Acho que dá para ver toda a capital daqui. O Forte de Nossa Senhora dos Pilares junto ao pé do Morro da Tentação, os barcos desafiando as ondas, o Coliseu do Atlântico na outra ponta... eu não sabia que aqui existia um mirante tão bonito.

Dá pena em acordar a própria mãe de seu devaneio, mergulhada nas profundezas do que foi e pretendia ser, mas essa é a função do filho.

— Verdade, não é todo dia que podemos contemplar a cidade assim, ao longe... – Atena já falava mais baixo, enternecida pelos drinques e cansada dos apertos/beija-mão – Não existiam tantos prédios em Pilares na época dessa construção nos anos 1940. A ideia era que a sede do então ministério de educação e cultura, toda em *art déco* e outras exportações gringas ainda bem conservadas, funcionasse como um farol para orientar os filhos da pátria para um futuro melhor. Poético, não? Repare só nas luzes que saem de cima do terraço. Estavam desligadas até pouco tempo, lâmpadas queimadas pelo descaso de anos, mas, por ordem no novo Ministro, hoje elas voltaram.

— Filhos de uma pátria de pescadores como esses que agora batalham com a tormenta que se aproxima - acrescentei.

— A tempestade sempre vem, mas eles sempre a desafiam. Não há navegador melhor do que o afortunado. Os ancestrais dessas terras, os cruímas no auge do resplendor, domaram as águas tortuosas que circundam essa parte do mundo como se doma um cavalo arredio. As correntes do mar estão em suas veias, e essas chuvas que vão e passam sem aviso no oceano são as que fazem desses homens dignos de se portarem como tais. Compreender e respeitar a vontade do mar, acho que até hoje, é visto como rito de passagem dos mais tradicionais. Essa ideia de farol foi pensada para guiá-los, não nos mares porque são mais do que capazes em fazê-lo por conta própria, mas para outros caminhos tão nobres quanto.

— Ideia bem pretenciosa, não acha? Achar que a vida deles é permeada de trevas, e que nós, os cultos, somos a luz no horizonte frente à arrebentação.

— Talvez, mas essa não é a função da educação? Orientar o caminho dos navegantes para que aprendam a lidar com as correntes da vida? – questionou Atena mantendo o olhar nos barcos adiante.

Aos poucos, os demais presentes entraram no salão. Apenas nós e um grupo pequeno de homens brancos num cerco à um mordomo negro e a última garrafa de destilado estávamos na área externa.

— Ares me perguntou se fiz isso por dinheiro ou glória – Atena continuou após um breve silêncio - Glória. Desde que o primeiro português se desgarrou da esquadra para as índias, não morreu com os vendavais e chuvas e correntes sabe-se-lá-Deus-como e caiu de joelhos lá na Praia das Lágrimas que se forjou essa ideia nas ilhas. Ambição por suas riquezas, ambição por domar a natureza, ambição por controlar o mar, o comércio, a vida e o destino de outros povos. Ambição por algo a mais, algo que não se limite às ilhas, ou mesmo às nossas próprias vidas. Para quê? A imortalidade que é negada aos humanos, a única coisa que não temos como controlar. Não tenho essa pretensão, já sou uma deusa – sorria enquanto passava a mão pelos cabelos - mas não a esse ponto.

Mesmo nos assuntos mais sérios, Atena, a professora, aparecia com mais uma lição.

— O Pedro me indicou pessoalmente, disse que eu conhecia a fundo as mazelas e as delícias da educação nas Ilhas Afortunadas não na teoria, mas na prática. Sabe o meu histórico e caráter e me convidou para ser essa "nova luz" na vida das pessoas. "A pessoa ideal". O Congresso Popular nunca me levou à sério, e até me repreendeu quando fiz um pedido público de melhores condições de trabalho durante a última grande greve, coisas básicas. Nunca tinha recebido um convite assim. Impossível dizer não, mesmo com essas besteiras de "nova era" para inflar ego de político. Sempre pensei em fazer a diferença não apenas na sala de aula, logo seria egoísmo da minha parte recusar o convite. Se o preço a se pagar é ouvir esse tipo de proselitismo besta, que seja.

Ao fundo, o grupo vibra com o seu troféu *Jack Daniel's* recém-conquistado do mordomo de ombros caídos e uniforme manchado de bebida.

— Luz na vida das pessoas, né? É assim que vocês adultos falam hoje em dia?

Atena riu do comentário espirituoso e deu um leve tapa no meu ombro direito.

— Fale baixo, mocinho. Pedro tem esposa e filhos que estão por aí – Atena desviou nada delicadamente o olhar em direção ao jardim e ao salão em busca deles e um pouco de paz – A sua imaginação é muito fértil. Desde que seu pai saiu pelos mares, meses após anunciar que estava grávida, que não me relaciono com outro homem. Às vezes olho os pescadores ao fundo e me pergunto se ele voltaria, perdeu-se quem sabe numa rede complicada de eventos como os primeiros portugueses nessa terra. Às vezes acho que está em Cabo Verde ou no Brasil, sempre falava em conhecer o Brasil, Rio de Janeiro ou Salvador, o carnaval e as festas e tudo mais. Às vezes é mais fácil pensar que está no fundo do oceano por algum castigo divino por fracassar como homem. Pedro não é como ele, nunca foi, e às vezes penso o que seria de nós...

O ar pesou no terraço e, antes da tempestade varrer nossas roupas e sonhos para longe, nós entramos com tapinhas nas costas do silêncio de todo o cansaço que foi vivenciar a História.

# 5.

*Meus amigos e minhas amigas, a nossa convidada não precisa de maiores apresentações! De Praia das Lágrimas até Algarve Novo e as ilhas do sul, ela está presente em todos os lugares, e agora está aqui conosco para contar a sua luta pela educação. A queridinha das Ilhas Afortunadas agora no FortunaCast! Com vocês... Atena Nanisca!*

Os meses seguintes amontoaram reviravoltas em nossas vidas, a começar pelo deslocamento. O Ministro, magnânimo como só ele, cedeu o seu apartamento funcional a que tinha direito ao nosso dispor. “Não é nada”, disse aquele cuja *maison* com muito esforço herdou de seu pai, que por sua vez herdou de seu avô, e que – adivinhem – foi herdada de seu bisavô, esse sim com um empenho reconhecido por todas as gerações: uma bala certeira em um duelo e nos espólios alheios.

Não que fosse qualquer coisa. Uma residência no coração do Jardim Glaziou, área nobre de Pilares, e em frente ao Passeio Público, o primeiro e maior parque da cidade. Mesmo o mais desavisado dos contribuintes presta atenção no requinte da esquina da Tenente Drogo com a Pedro Rubião e seu revestimento icônico de cobogós de múltiplas faces em cerâmica e as varandas com seus móveis requintados de *Bonequinha de Luxo*[5]. Um prédio fresco e bem-ventilado a serviço dos seus poucos, mas distintos hóspedes, livrando-os dos dias mais terríveis desse calor nada banal, mas não de um certo rancor dos transeuntes.

No escuro da sala de estar, o brilho da entrevista com Atena seguia na televisão, conectada diretamente no *Youtube* para uma audiência recorde. As lições de álgebra – como sempre – poderiam esperar.

> *Sim, eu acho que sempre faltou essa visão maior sobre a coisa pública, especialmente na Educação. Não é gasto, muito pelo contrário. Canso de falar que é investimento, mas para investir é necessário conhecer as demandas. A função da minha equipe é justamente essa! Propor uma nova educação. Da alfabetização e ensino básico à Autônoma de Pilares, nós estamos passando um pente fino em tudo. Estrutura, pessoal, estratégias, tudo. O trabalho é difícil, mas nada comparado a dar aula na rede pública. Estou confiante!*

Atena, como se pode notar, tornou-se uma das figuras públicas mais valorizadas do novo panteão que se apresentava ao povo. Uma fração do apelo ao Duque nesse grande *reality show* do noticiário político, claro, mas nada

---

5 Comédia romântica dirigida pelo cineasta Blake Edwards e estrelado pela atriz Audrey Hepburn (1961).

desprezível. Seu nome e dos membros do gabinete do Departamento de Educação foram aclamados quase de forma unânime, especialmente com votos de uma oposição constrangida. Mãe solteira, mestiça, bonita, professora com uma vida pública voltada para a mais honrosa das profissões e a luta por melhores condições de trabalho. Quem ousaria votar contra a vontade do Duque?

Virou ativo do governo naquilo que as conversas fiadas convencionam em "uma mudança no tom". Só não parava em casa e na Dínamo, esta última por orientação do Ministro para evitar desgastes com "nepotismo". Dia atrás de dia aparecia em algum evento comunitário ou programa matutino para donas de casa e empregadas domésticas. Inaugurações eram constantes, mesmo que não lhe diziam respeito, e sempre em bons ângulos para os registros oficiais na *internet* e *outdoors* nas vias principais. Por um tempo, eu acompanhava mais a minha mãe nas redes sociais, prática a qual detestava nos tempos de 25 de Março, e nas inserções em rádio e televisão. Seu carisma, qualidade rara e valiosíssima no meio político, não poderia ficar de fora das plataformas de engajamento, ainda mais detendo "as combinações perfeitas para marcar e, sobretudo, fascinar esse novo país que se propõe glorioso a todos", nas palavras draculescas do Chefe de Gabinete.

*Eu vou dar um exemplo. Iniciamos conversas com os líderes das associações sobre os salários dos profissionais e os direitos e deveres da classe. Quando foi a última reforma? Quando foi o último reajuste? Quando foi o último acordo? Fui achincalhada no passado ape-*

*nas por lutar pelo básico. Apresentamos os gargalos ao Ministro Pedro, fizemos um levantamento criterioso, e agora as coisas estão andando. Com uma maior flexibilidade dos sindicatos, muito em breve o acordo sairá. Deixo as discussões políticas e a execução dos projetos para o Ministro, quem muito admiro e é muito mais hábil para conciliar tudo isso: o diagnóstico que apresentamos, o desejo do Presidente, o Duque, o debate na arena da Assembleia e a execução dos projetos. Estamos aqui para ajudar o povo, e não atrapalhar.*

Não sei exatamente quanto ao povo, mas houve sim um esforço de não atrapalhar os meus estudos na véspera dos Exames Unificados, ainda mais com a ansiedade nos poros com uma mudança nas regras no horizonte. Anos de burocracia e filas de espera evaporaram com a leveza de um carimbo e meia dúzia de assinaturas - nenhuma de Atena para não ficar tão escancarado – e me vi na Escola Pública Dom Miguel, a mais prestigiosa de toda a rede gratuita de ensino, da noite para o dia. Uma portaria e providenciaram a transferência de Atena para o cargo honorífico de *palestrante benemérita*, e eu apenas entrei no pacote das notas de rodapé. Prova que, com a dose certa de criatividade, há mais ficção em uma planilha do que nas páginas de um romance.

*Queremos que o "padrão Dom Miguel" seja replicado em todas as escolas do país. O nosso povo adora histórias de superação, e também adoro, mas essa romantização do precário é problemática. Veja. Na docência, a gente aprende a improvisar com tudo. Quando faltava luz na sala, algo corriqueiro em Praia das Lágrimas, eu dava aula ali mesmo na praça perto da igreja Matriz. Até chamava quem batia perna para acompanhar e participar. Um barato! Uma sala comunitária. Os alunos adoram, mas a escola precisa ter luz, oras!*

Excetuando alguns colégios privados voltados para filhos de diplomatas e despreocupados com o imposto de renda, o "Brinco de Ouro da Duquesa" apresenta o melhor que a Gloriosa República poder oferecer aos seus cidadãos de bem. Uma missão voltada à formação de estudantes aptos a lidar com os desafios do seu tempo... e este que vos escreve. Banheiros limpos, janelas com vidros completos, lousas novas com canetas de até quatro cores. Um luxo só!

*Não tenho do que reclamar das discussões na Assembleia. Facilita muito o trabalho quando os parlamentares estão alinhados para com o povo afortunado. Fico satisfeita em ver a aceitação dos projetos da equipe. Alguns detalhes pendentes ainda sobre o uso de royalties da mineração na Educação, uma das ideias de estimação do Departamento, mas tenho certeza que destravará em breve. Um dinheiro que, aí sim, é capaz de colocar o país em destaque no mundo.*

Atena tinha razão. Se a política é a arte do consenso, agora o consenso impunha-se pela visão de mundo do Duque. Os projetos de todas as operações estruturadas sequer eram debatidos com a urgência imposta pelo governo e, com exceção de um punhado vociferante de deputados, não havia muita resistência depois da surra sofrida nas urnas pelo Congresso Popular e o complexo acordo para arregimentar os interesses alheios.

Tomé de Souza, jovem e proeminente figura do velho Partido Comunista, aproveitou esse vácuo e virou algo como um líder da oposição. Cumpria o seu papel com vigor, ao ponto de Atena confidenciava-me com um sorriso de canto de boca o quanto Duque se entretinha com o lobo solitário e seus discursos proeminentes, sempre em vão, aos próprios colegas. Alguns até imitavam a empáfia daquele sotaque de Coimbra antes das reuniões com as suas denúncias aos "políticos que se deixaram seduzir com o canto da sereia que atrai os incautos, ingênuos e achacadores com promessas de moderação e ganhos mesquinhos para um único caminho de destruição".

Se o *front* do embate político ficou à cargo de um calouro, na retaguarda desconfiavam na discreta, porém notável presença do experiente Asdrúbal Pesaro, a "Raposa do Mar". Uma piada recorrente em Pilares destaca que se fossem trocar a Cruz de Cristo na bandeira nacional, a primeira escolha seria pelo bigode de Asdrúbal, testemunha de uma vida de cargos e honrarias. Um governo não se sustenta em pé nas Ilhas Afortunadas sem um cafezinho com Asdrúbal e demais líderes da geringonça de *Liberais Conservadores* na Assembleia, e haja café nesses últimos anos com a ascensão do Duque. Não era de se estranhar, portanto, que o tal silêncio inédito de suas abstenções ecoava nos corredores do poder.

*Eu amo o meu irmão! Temos as nossas discordâncias, claro. Ele é muito vocal nesse sentido, digamos assim, mas o que seríamos de nós sem a pluralidade de ideias? Respeito muito ele, um cidadão exemplar que, assim como nós todos, deseja o melhor para as Ilhas Afortunadas.*

As transformações vinham aos montes, e a vida de Ares tornou-se um inferno. Que a sonegação de impostos fazia parte do cotidiano capitalista afortunado, isso todo mundo sabia. A novidade consistia, de fato, nas oportunidades que a prática não tão republicana proporcionava. Em um dos flancos, o Departamento de Imprensa e Comunicação atacava com novas regras e reavaliações das concessões de rádio e televisão sem chances para os lobbys de outrora. Do outro, a Receita e o Departamento de Assuntos Internos ingressavam com processos atrás de processos em ritos sumários por toda a gama de irregularidades e crimes fiscais "recém-descobertas". Encerrada a guerra de faz de conta, com episódios de desprezos e ganhos mútuos, uma *blitzkrieg*[6] sem precedentes. O armistício foi assinado no Supremo Tribunal de Súplicas, vocacionado a negociar o cumprimento à Constituição: anistia, passagens só de ida para Lisboa ou São Paulo, e a fusão das empresas com a Rádio Nacional.

Nascia assim a Empresa Afortunada de Comunicações – batizada de EMFOCO após alguma barbeiragem na definição da sigla e agora com toda a onipotência do Canal 5.

---

6 "Guerra relâmpago" em alemão. Tática militar usada pelo exército nazista para atordoar e devastar as forças inimigas sem que tenham tempo de organizar uma defesa.

Quem não aderiu ao acordo acabou adquirido pelo Banco da Fortuna, cujo dono também é um assíduo frequentador dos cafés da tarde no Paço dos Arcos. A Rádio Veritas, os principais jornais da capital e das demais ilhas do arquipélago, o antigo canal independente que se tornou o *FortunaCast*, tudo em liquidação.

A Dínamo nessa história? Gastou um dinheiro que não tinha no pente-fino contábil, dispensou colaboradores e suspendeu projetos por conta das dívidas em progressão e honorários e foi deixada de lado. O mercado faria o trabalho sujo com o dinheiro e anunciantes atraídos naturalmente para, nas palavras dos investidores de vídeos instantâneos, "os novos *players*". Ares tornou-se a Dínamo e nada mais.

> *Muito obrigado pelo seu tempo e sua audiência. Muito obrigado também ao Banco da Fortuna por proporcionar esse espaço. Tenho certeza que bons ventos estão por vir para todos nós. Diante essas palavras, eu tenho certeza que o mundo redescobrirá as Gloriosas Ilhas Afortunadas muito em breve!*

Orientado a não esperar a minha mãe para me retirar, assim o fiz. Deixei um prato na cozinha e sua mala de mão perto da porta para mais uma de suas viagens para o sul.

Enquanto reorganizava as ideias na cabeça, o tradicional clube de leitura da Quebra-Galho passou a ser a válvula de escape de Ares nesses dias de incertezas, e o meu entre a procrastinação dos estudos e a ausência constante de Atena em casa com a sua agenda de compromissos oficiais.

A amizade de Ares com Tayeb, o dono da livraria – detestava quando chamavam o seu sebo de... sebo – era mais antiga que o próprio clube e remetia às lembranças já cobertas pelo manto da nostalgia do curso de jornalismo que fizeram juntos na UAP. Para cada pergunta da clientela, uma resposta à altura, mas garantia que a sua família é presente no comércio popular desde os tempos de um Califado distante, sobrevivente apenas em lendas e canções de ninar crianças e adultos. Herdou, entre uma invejável rede de contatos e a expertise de gerações, uma oficina mecânica em um sobrado em ruínas. Não sabia um "A" sobre carros e as tais rebimbocas das parafusetas, mas dominava a arte de ler e adquirir livros de todos os gêneros e origens. Abandonou a universidade na primeira oportunidade e investiu o seu rico dinheirinho em seu próprio centro cultural no coração de Pilares, sustentado em boa parte pelo comércio de livros e obras artísticas em geral usados e esquecidos não só pelas elites das Ilhas, mas por também pelos caminhos que seguiam desde o Brasil até Marrocos e Portugal.

Ali era o seu mais impressionante – e certamente menos organizado – castelo, em perfeita sintonia com as voltas de seu bigode entre Eça de Queiroz e Khalil Gibran. O seu pequeno *habub*[7], como o chamava nos dias de bom humor, no coração do país. Pessoalmente, eu preferiria o bigode de Tayeb ao de Asdrúbal na bandeira nacional, e o Quebra-Galho como sede da Assembleia.

7 Habub: gênero de tempestade de areia descrita pelos árabes no deserto do Saara.

Depois de insistentes convites do meu tio e da própria professora de Literatura da Dom Miguel quando soube da relação de parentesco com o "Juba", finalmente compareci ao encontro. *O Processo* de Franz Kafka foi o livro do meu batismo.

— O Direito pode ser muito perigoso, muito perigoso – disse Dona Cibele, a ilustre responsável pela Sorveteria da Árvore Frondosa, com ar de sabedoria que só ela enquanto servia um pouco do sorvete de tamarindo que trouxe, e sempre trazia algum sabor de seu vasto cardápio aos presentes – Anos de encontros na frente da loja, muitas vezes ali mesmo na praça junto ao coreto e as pessoas, até mesmo crianças. Nunca foi um problema, e agora estamos aqui nos fundos, quase no sótão de Seu Tayeb, e por culpa do Direito.

— Ah, não seja tão dura, Cibele – respondeu Maycon, um dos barbeiros preferidos do meu tio e o homem com a maior desenvoltura portando uma navalha em um raio de consideráveis quilômetros. Portanto, homem de sua máxima confiança – Não é porque uns idiotas falaram meia dúzia de merda, me desculpem, de besteiras para o Seu Tayeb que é culpa do Direito, essa entidade. Qual culpa? Nós votamos, nós pagamos os nossos impostos, e cá estamos livres e sem cordas em nossos pescoços. O sistema funciona, não lutamos tanto para funcionar? Esses caras que têm culpa, e já vão responder na Justiça. Não vivemos o mesmo mundo de K, hoje não. A gente está aqui mais para esperar a poeira baixar, apesar que aqui dentro talvez seja impossível, hein.

Enquanto os demais riam da colocação de Maycon, e eu, ainda tímido mas com um pote de sorvete de graça pois ninguém é de ferro, apenas observava e absorvia o máximo possível daqueles indivíduos peculiares, Tayeb praguejava algo impronunciável com um sorriso no rosto enquanto servia-se de chá com especiarias para lá de aromáticas.

— Fui esses dias na delegacia para prestar novo depoimento sobre o caso que anda a passos de cágado. Delegado muito cortês e tudo, e muito jovem, tal de Doutor Mévio, mas tem um problema sério. Bem sério. É branco! Branco como esses covardes que falaram na minha cara, com testemunhas, que queriam queimar essa livraria e livrar o mundo de comunistas. Comunistas, eu repito! *Tfeh*[8]! Esse espantalho de gente adulta. Não sei o que fiz a Alá para ser chamado de comunista por uns fedelhos desmiolados e ainda ouvir do delegado que a linha de investigação é de, vejam só, que tudo foi um "comentário jocoso e infeliz". Realmente...

— Pelo menos eles chamaram o seu sebo de livraria, Tayeb – para mais risadas dos demais - Não deixe esses tontos tirarem a sua paz, e nem o nosso bom humor – comentou Harare, funcionário público aposentado dos Correios e um dos poucos (e orgulhosos!) cruímas que exerceram algum cargo relevante na máquina pública. Uma das figuras mais benquistas do bairro e testemunha em vida da história popular das Ilhas Afortunadas, sempre ajeitava o seu chapéu Panamá para dar um toque final em suas palavras.

— Viram só? – voltava a palavra para Cibele, agora já sentada em uma das cadeiras de plástico rodeadas por uma mesa que saíra de um conto perdido e sem luxos da Távola Redonda – Viva a República dos Doutores! Um brinde à

---

8 Reprodução de expressão árabe que indica nojo, de forma que o interlocutor cuspisse enojado de algo ou alguém.

Gloriosa República dos Doutores! Grandes coisas. Doutor Tício, Doutor Mévio, Doutor Isso, Doutor Aquilo. Eu não confio no Direito. Nunca me socorreu quando precisava, e a punição sempre recai aos que lhe pedem socorro. Se fosse qualquer um de nós aqui, talvez tirando a Mirian, vocês têm dúvida que a culpa já estaria formada? Eles não têm dúvidas conosco, os filhos dos tumbeiros e de Cruím, e o carrasco faria valer o seu salário sempre em dia.

— Não tenho tanta certeza quanto a isso, Cibele – disse Mirian, a professora (favorita) da escola e titular da cadeira de Literatura da Escola Pública Dom Miguel e, o mais importante, mediadora do clube mensal de leitura do Quebra-Galho pela nada irrisória quantia de uma unidade de chope ao término do encontro.

De origem da comunidade sefardita de Portugal, sua relação com Tayeb pode parecer inusitada aos olhos mais distraídos, evocando conflitos que, ali naquela ágora moderna e no relacionamento entre ambos, inexistiam. O amor de Mirian pela Literatura, contou-me antes uma de suas aulas, foi estimulada pelo sebo de Tayeb, ao qual considerava mágica e repleta de vida, ao contrário das lojas ascéticas que vendiam livros no Jardim Glaziou. Enquanto nas boutiques, todas lindas e enfeitadas com seus cafés aromatizados, contentam-se com as obras mais vendidas de autoconhecimento quântico, uma visita despretensiosa naquele museu das leituras passadas, uma mera busca por sombra fresca em um dia de calor desnecessário, fez com que ganhasse um refúgio para a sua alma. Apaixonou-se pela leitura rítmica de Tayeb de um *Livro das Mil e Uma Noites*, os passeios do gato Sultão entre as prateleiras, os amigos de letras e petiscos que se atraíam àquela Meca dos livros, particularmente Ares. Uma coisa puxou a outra, uma palavra em frase, e depois em ideia, e agora em revolução, e o clube de leitura era a sua própria revolução[9]. Continuou:

— Meu marido joga vôlei no Macabi e as ofensas antissemitas, de uns tempos pra cá, só aumentam em tom e gravidade, e sem qualquer intervenção das autoridades. Alguns perderam o pudor ao escancararem as suas intolerâncias. Lembram a nossa conversa sobre gênero e raça em *O Olho Mais Azul*[10]? Um país tão plural como o nosso, tão rico, e ainda tão segregado e desigual. Em maior ou menor grau, todos os aqui são alvos dessa Santa Inquisição que nunca terminou nas Ilhas Afortunadas. Juba, você tinha comentado algo antes do início do clube, não?

— Sim, eu comentei o quanto fiquei espantado em como esse livro é contemporâneo. Ele fala de nós, aqui! – agora era o momento de Ares brilhar. Até levantou-se da cadeira, a mais próxima das prateleiras indisciplinadas de Tayeb, e parou de estimular a barba igualmente rebelde - Não sei se vocês estão acompanhando essas "reformas estruturais" a toque de caixa na Assembleia. O ritmo do noticiário é tão frenético que é impossível acompanhar tudo ao mesmo tempo.

— Não só estou acompanhando como vivenciando – confirmou Mirian de pronto – O novo diretor, que apareceu lá da noite pro dia com base naquela lei ainda do primeiro

9 Adaptação de trecho do conto Primas de Sapucaia, de Machado de Assis, publicado originalmente no jornal "Gazeta de Notícias", em 1883.

10 Primeiro romance escrito pela estadunidense Toni Morrison, vencedora do Prêmio Nobel de Literatura.

mandato sobre o fim dos conselhos escolares, confirmou que os primeiros inspetores devem iniciar os trabalhos nas próximas semanas. Todos em "cargos de confiança" como dizem, e as câmaras e microfones já estão sendo instaladas nas salas de aula e dos professores. Tudo para "garantir um ambiente seguro e controlado", ao menos foi isso que passaram aos docentes para "nos resguardar de indisciplinas indesejáveis". Muitos são favoráveis, falam que os alunos estão cada vez mais hostis à obediência em sala de aula, mas não sei ao certo – confirmou.

— Vale para a segurança pública também – lembrou Harare enquanto interrompia a fala de Ares – essa ideia de "tolerância zero" com a vagabundagem, o tráfico de drogas, tem grande apelo nas pessoas. De fato, todos nós estamos cansados disso, mas já ouvi essa história antes e não acaba bem. Ouvi não! Eu vivi – e mostrava cicatrizes de tempos infames.

— Pois é. Querem alterar algumas coisas nos Códigos Penal e afins. "Para atualizar as leis aos novos desafios da modernidade e aliar ao próprio interesse da unidade nacional". Prisão para resguardar o "interesse da ordem pública". Expansão da leitura do crime de corrupção para "coibir a injustificável primazia do interesse do indivíduo sobre o da tutela social", e esses são apenas alguns dos itens para garantir o suposto bem comum! Como provar que você não é um risco à tal ordem pública? Como? Ainda mais nesse cenário!

— "O diabo não tem certezas. Tem convicções", já dizia o ditado... e eles têm convicções demais para o meu gosto – concordou Cibele.

— Estamos todos fadados ao destino de Josef K – continuou Ares - Kafka está entre nós, e batemos palmas para o Duque, que é tão duque quanto eu sou um príncipe da Disney, mas não há problemas! Quais os problemas? Ninguém mais relata os problemas, a pobreza, os incômodos. Enquanto o governo age nas sombras, os holofotes destacam minha irmã... que fique entre nós esse comentário.

— Você é muito duro com a sua irmã, Juba – disse Maria Letícia, esposa de um pescador, feirante ao longo da semana e escritora aos domingos e dias santos – É um alívio ver alguém como ela que chegou lá. Verdade que a colocam num pedestal, mas me alegra ver alguém como eu e tantas outras que não são aceitas sequer nas calçadas do Jardim Glaziou, sendo que nós construímos aquelas casas e monumentos – batia no peito enquanto recitava cada sílaba - Ela é uma grande inspiração! Todas as mulheres na colônia de pescadores só falam dela. Até pouco tempo atrás tinha Ministro que ignorava a ideia que nós menstruamos, pois. No fundo, nós apenas queremos pertencer ao mesmo país. Um país possível.

— O próprio Duque não é branco – lembrou Maycon enquanto sinalizada com uma das mãos a vontade de mais um pouco daquele sorvete bem cremoso que só Dona Cibele sabia fazer em Pilares – E ele não fica por aí reforçando essa imagem. Basta vê-lo e constatar que ele é diferente de todos os outros que o antecederam.

— Ah, mas o Duquíssimo não faz muita questão mesmo, não é? Apenas no período eleitoral e quando está acuado ele usa essa carta na manga. Eu te dou a mais absoluta certeza que ele se enxerga tão branco quanto os "descobridores" – e fazia aspas grotescas no ar – Enquanto isso, eu continuo esperando algum cruíma nessas posições de destaque. É ridículo! Os povos originais dessas terras não têm qualquer voz em seu futuro – frisou Harare.

— Talvez um dos alertas de Kafka seja justamente em desconfiar de toda obviedade e que, no fundo, o real pode ser tão ou mais absurdo que uma ficção – concluiu Mirian sobre o debate - Uma pena a ausência de alunos de Direito da Autônoma aqui hoje. O bibliotecário ficou de dar o recado ao centro acadêmico, mas talvez tenham alguma prova ou outros assuntos mais importantes. Uma pena. Perderam o melhor sorvete da vida. Mais uma vez obrigada por essa dádiva, Cibele, e obrigada mais uma vez pela presença de todos. No próximo mês, eu segui a sugestão de Harare de lermos mais obras africanas. Afinal, nós somos todos riscos à ordem pública mesmo, então o livro será *O Vendedor de Passados*, do angolano José Eduardo Agualusa, e claro que o Tayeb já colocou os exemplares no balcão com aquele precinho camarada.

Ao final do encontro, deparei-me com Ares e Mirian conversando sobre trivialidades, o aniversário do clube próximo e sobre alguma surpresa para Tayeb por tantos anos em prol da disseminação da cultura na cidade. Todos eles frutos, de uma forma ou de outra, desse trabalho.

— Muito feliz em te ver aqui, Aquiles. Um novo mundo de possibilidades te espera aqui. Saiba, Juba, que Aquiles é um dos meus melhores e mais criativos alunos lá na Dom Miguel. Fiquei até surpresa com o silêncio hoje. Eu acho que, como falamos um pouco de Direito, ficou intimidado igual às correções que faço de sua gramática – e sorriu mesmo cansada com o tardar da hora - Peço apenas que não comente muito sobre o que é conversado aqui com qualquer colega. Nunca se sabe o dia de amanhã, certo?

Assenti e seguimos em direção à porta. Fechado o sebo, Tayeb e Mirian seguiam em direção ao Bar do Lobo – ele para sofrer com o seu Al-Shabab de Pilares contra o CEFA, o time do Exército que voltava à liderança do campeonato pela primeira vez desde os anos do Generalíssimo, e ela para receber o pagamento devido junto com alguns dos colegas. Já eu seguia Ares em direção à sua casa para mais uma noite sem ver mãeínha. Enquanto meu tio ligava para Atena perguntando se havia problema de o sobrinho dormir no Largo da Gambiarra naquela noite, não deixei de reparar em um guarda de aparência ambígua encostado em um poste à meia-luz e olhares nada perdidos.

# 6.

"Reunião de emergência no Paço dos Arcos. Lelê pode dormir aí. Até amanhã. Bjs". Atena detinha muitas qualidades e – talvez – defeitos, mas concisão foi algo que adquiriu com o tempo no governo, ao menos conosco. Não que fosse uma reclamação de Ares. A crise permanente permitia mais chamegos com o sobrinho, e não escondia o prazer ao sentir o transtorno, nem que momentâneo, nos nervos de Duque e seus comparsas.

— Curioso como os jornais agora só mostram amenidades e pautas bacanas, mas Atena sempre está encrencada em alguma reunião de emergência. Uma crise de última hora aqui, outra acolá – comentou Ares enquanto bebericava o seu café forte e quente.

— Tudo que vem dos Arcos sempre é curioso – imitava o meu tio com um pouco de café e torradas dormidas com manteiga - Mãeínha solta algumas pérolas dessas reuniões de vez em quando. Um Ministro embriagado, um assessor que tropeçou no sapato italiano do Duque e quase foi defenestrado. Ela garante que tudo é menos empolgante que essas obras de ficção, tipo *House of Cards*[11], mas sempre tem alguma coisa acontecendo. Sempre. Algum problema sempre inesperado em que ficam tontos bolando ideais mirabolantes de como resolvê-los. De tédio a gente não morre nesse país – sentia-me importante com um punhado de fofocas suculentas tratadas como se informações privilegiadas do alto escalão do governo fossem.

— É... de tédio a gente não morre mesmo – assentiu Ares enquanto degustava o amargor de suas palavras - Morremos de tudo o que outra forma, das mais variadas possíveis, mas de tédio é impossível, pelo menos para quem não se contenta, como disse a sua professora, com o óbvio. A crise aparenta ser o estado de normalidade e, dessa forma, nos habituamos a ela.

Fez uma breve pausa para reorganizar os seus pensamentos. De tédio não morria, mas os dias seguiam intragáveis para a revista Dínamo, sufocada com o acúmulo de boletos. Da sala aconchegante com vista para o Morro da Tentação sobrou apenas as caixas amontoadas de qualquer forma no escritório em sua própria casa. Sem equipe e sem os furos de reportagem de outrora, a redação de um homem só rebolava com o que era possível escrever: algumas provocações, resenhas culturais de filmes e livros, e crônicas de futebol.

— Fiquei muito feliz com a sua presença ontem, Lelê. Ainda gosta desse apelido? Seus avôs só te chamavam de Lelê... bem, fiquei muito feliz mesmo com você lá. Vejo essa

---

11 Série do canal de *streaming* Netflix produzida entre 2013 e 2018, famosa por retratar um político americano ambicioso em busca por poder em Washington.

geração tão desinteressada, tão careta. São indiferentes com o estado de coisas que se tornou esse país, com a destruição do tecido social e o sofrimento alheio. Uns descansam na sombra fresca após anos de lutas por liberdade, e outros parecem nostálgicos daqueles tempos cinzas. Não largam o celular, ficam brigando uns com os outros nessas redes sociais. Acho que as únicas fotos minhas naquele catálogo de pessoas felizes são naquelas publicações do clube de leitura e as fotos que você me marca. Agora até Atena sucumbiu à essa praga. Até nisso ela me surpreendeu.

Não concordei inteiramente com essa conversa de choque entre gerações de Ares, mas não queria contrariar o deus da guerra em sua própria morada. Sempre por onde passei, a despeito da quantidade de patrícios por metro quadrado na Dom Miguel, o engajamento e os debates com as questões escolares e nacionais eram bem acima do esperado para "adolescentes alienados". O cenário não era exatamente incentivado por diretores e inspetores, no entanto. Em dúvida entre liberar e proibir os encontros, notava-se um deleite pelo exercício da disciplina.

Não há nada mais estimulante ao adolescente do que proibi-lo de algo, logo alguns alunos criaram, com a ajuda das próprias redes sociais, conselhos de turmas entre seus pares, grêmios informais e grupos de diálogos entre escolas. A ideia era levar questionamentos, propostas e pressionar por mudanças que entendíamos como razoáveis, coisas simples como a mudança tudo isso que estava posto. Ganhamos até o carinhoso apelido de "sovietes de fraldas" dado pela encantadora beata Maria das Dores e "Comitê Central de Pilaresgrado" dos tão adoráveis ex-policiais e guardas de trânsito que agora ocupavam os corredores entre as classes. Atena, com a galhardia que lhe é peculiar, colocou-se à disposição de intermediar os pleitos dos alunos, uma posição que me lembrava a de Atena antes da política.

— Sim! Quero ir nas próximas reuniões. Acho que uma vez ao mês não atrapalha os meus estudos, e estou condenado mesmo em matemática, então não importa. Que minha mãe não me ouça – ri mais alto que deveria, e sem a companhia que esperava – Só não entendi uma coisa: por que vocês não leem tantas obras africanas? Para falar a verdade, mal lemos na escola, e tenho certeza que não classificam os "clássicos" da literatura nacional como livros africanos.

Ares ficou feliz com a minha observação, talvez a mais inteligente em minha tenra idade, e, após terminar o seu segundo café, agora com um pouco de canela, até estalou as costas para responder.

— Sua mãe com certeza já te ensinou, mais de uma vez, sobre o processo de independência desse **glorioso** país, certo? Bem, como você sabe, ou deveria saber, as Ilhas Afortunadas foram colônia de Portugal até o início do século XX, mas, ao contrário de Angola, Moçambique e demais cantos da lusofonia que travaram sangrentas batalhas contra os fascistas de Salazar, por aqui a independência foi literalmente numa canetada, e sequer em Pilares ou Praia das Lágrimas, mas na própria e *cosmopolita* Lisboa. Os revolucionários foram geniais, eu preciso admitir. Não basta acabar com uma monarquia perdulária de araque, não. Os bolcheviques, por exemplo, mandaram os Romanov para o inferno, todos eles. Já os portugueses estão em outro patamar. Eles simplesmente mandaram uma penca de monarquistas, dos Bragança mais irrelevantes aos bajuladores mais xexelentos, para o ponto mais irrelevante do império que eles conseguiram pensar, e eles mesmos declararam a independência desse pontinho no conforto de seus novos palácios. Genial!

— "Uma humilhação do mesmo tamanho do exílio de Napoleão na ilha de Elba", nas palavras de Atena, mas dessa vez com sucesso. Afinal, uma coisa é uma ilha irrelevante na costa italiana. Outra coisa é um arquipélago sem grandes atrativos no meio do Atlântico Sul e no ponto de pior navegação possível – respondi com as lições na ponta da língua.

— Exatamente! Um reino de mentirinha! Uma punição perfeita. "Deixem que brinquem de contos de fadas nesse pedaço de terra esquecido por Deus", e azar dos desafortunados que padecem nesse mesmo pedaço de terra. Como o processo de independência foi à revelia de seu próprio povo, dizem até que os locais mal acreditaram nas "boas novas". Passaram bons meses tocando a vida como se Lisboa ainda fosse a metrópole. Até hoje pensam assim, e essa é a questão.

— Até na Literatura? As grandes obras nacionais, dos imortais da Academia de Ciências de Pilares e tal, todas valorizam a Nação, suas belezas e sua gente. Onde entra a arte? – questionei.

— Ora, a arte é parte essencial nisso, ela reflete necessariamente a realidade e vice-versa, e não só na arte. Pense no esporte, por exemplo. Por que caiu o Ministro apenas por cogitar a escolha de um time africano para a inauguração do Estádio Nacional? Por que derrubaram o antigo estádio e as construções tradicionais na região de Pretos Novos para aquela coisa obscena? Eles não se conformam com a ideia que somos todos africanos. A construção de uma nacionalidade, ou quem sabe nacionalidades no plural, pelos próprios povos que aqui vivem, que aqui lutam, que aqui morrem foi interditada, essa é a palavra.

Ares pegou fôlego com o vazio na caneca apagada da Dínamo, talvez enferrujado dos tempos de militância, e prosseguiu:

— Eles renegam essa ideia, têm pesadelos por compartilharem a mesma poeira que Cabo Verde, São Tomé e Príncipe, Moçambique, Angola. Já ouvi de uma fonte nos meus áureos tempos que "somos umas ilhas cercadas de África". Aqui mantemos nomes e erguemos palacetes em estilo greco-romano, exortamos os tais ideais civilizatórios europeus de liberdade, mas com mão-de-obra de escravizados e seus descendentes... e assim transmitem esse projeto de poder de geração para geração.

— Já ouvi de um colega no colégio que enquanto os outros saíram da selva, seus compatriotas vieram de barco da Europa. Parecia uma mera colocação estúpida de um filho de brancos ricos, mas agora faz mais sentido.

Era engraçado ver essa transformação de Ares, mesmo com o público formado essencialmente por samambaias. Seus olhos brilhavam com a flama do discurso, um calor que evocava seus tempos áureos na cobertura e os discursos nas greves do Sindicato dos Estivadores do Porto de Pilares. Não houve nada similar de uns anos para cá, e Ares, presença habitual nas cervejadas da diretoria, tornou-se um fantasma aos olhos dos novos amigos do Duque. Dirigiu-se em direção as estantes de sua biblioteca particular enquanto eu turbinava um achocolatado com o capricho tolerado na casa de um tio que faz tudo para agradar o seu único sobrinho.

A ideia inicial seria usar um livro aleatório como exemplo, mas deparou-se com o seu canto preferido nesse mundo como se o visse depois de muito tempo, e sua face realçava algum grau de confusão. Talvez pela primeira vez na vida, ao menos da minha vida, as estantes estavam organizadas, e não de qualquer forma, mas com os livros divididos por tamanho e cores, iniciando da antiga coleção de clássicos em azul pálido do jornal Hermes aos rubis dos textos marxistas impressos pela Autônoma com a redemocratização do país.

Ares coçou a sua barba e observou o arredor por alguns segundos para se garantir que nada mais fugia ao roteiro mental. Examinou a poeira das estantes e encarou as samambaias em seus devidos lugares, algumas com os cestos suspensos à esquerda da televisão e outras à direita da grande e confortável chaise de leitura. Tomou para si uma pequena observação inaudível junto à estátua de Santo Antônio no alto da cristaleira, herança do falecido pai em permanente vigilância, e prosseguiu.

— Até aqui, se você observar bem, tem poucos livros de autores africanos em geral, de autores pretos, mestiços, mulheres. O próprio estoque do Seu Tayeb não é tão vasto quanto deveria e poderia. Aqui. Temos portugueses como Camões, Saramago e Valter Hugo Mãe. Americanos e europeus aos montes, de Hemingway a Tolstói. Nunca fomos incentivados a ler e debater sobre nossos irmãos e nossas irmãs, e nunca houve o interesse de divulgá-los às massas por aqui. Até censurados foram na ditatura do "Tenentíssimo" João Ribeiro, essa besta que mal lia os quadrinhos nos jornais. Proibiram a nossa própria identidade por tanto tempo, o direito de pertencer ao próprio lugar no mundo.

Depois de algum esforço dentro desse universo que lhe deveria ser familiar, Ares segurou uma edição surrada de *Sararau*, o clássico romântico das Ilhas Afortunadas, para retomar o seu ponto.

— Até mesmo aqueles que pertencem ao cânone, como você disse, negociaram as suas africanidades e negritudes até serem aceitos nos clubes do chá. O elogio à Nação e à Terra da Fortuna, a valorização dos heróis da pátria, repare que tudo é sob o olhar, o crivo, a métrica não de uma construção africana, mas desse mal-estar que persiste e fingimos não enxergar. Quem sabe agora a gente não reverte isso com a leitura de Agualusa e tantos outros que gostaria de conhecer mais. Chimamanda Ngozi Adichie, Mia Couto, José Craveirinha, Naguib Mahfouz, Pepetela, Djaimilia Pereira de Almeida...

— Vi alguns autores brasileiros aí, tio. Uma belíssima edição de Lygia Fagundes Telles, inclusive.

— Olha só que curioso, Lelê. Não é uma coisa que eles falarão aos ventos, apenas em miúdos nos cantos soturnos de seus palacetes erguidos com carne e sangue. As Ilhas Afortunadas foram o principal ponto de parada dos tumbeiros assim que dominadas as rotas entre o golfo da Guiné e Angola até os portos macabros de Recife, Salvador e Rio de Janeiro. Os destinos de nossos antepassados, os pecados desta terra, estão intimamente ligados ao Brasil, ainda que cessado o domínio português na América. Com o fracasso da exploração de esmeraldas e as plantações pouco atraentes, o porto seguro do tráfico de escravizados para a América tornou-se, de longe, a atividade mais lucrativa desta colônia. Poucos admitem, mas alguns almejam mais ser brasileiros do que europeus no final das contas, especialmente agora que se tornaram emergentes no cenário internacional. Brasileiros, não sul-americanos.

— Seguindo sempre o caminho do dinheiro? – questionei como confirmação da linha de raciocínio.

— Seguindo sempre o caminho do dinheiro, do poder. Um belo verniz para novas formas de colonização às quais somos tentados e aceitamos como bençãos.

Enquanto Ares tomava banho, um de seus muitos ao longo de um dia antes de passearmos uma vez mais pelo Largo da Gambiarra, passava os dedos pela tela do celular em busca de sabe-se-lá-o-quê, um mero subterfúgio para enganar o tempo cuja chamada no *Twitter*[12] despertou a minha atenção:

> ***Novo naufrágio mata ao menos 100 imigrantes rumo à Europa:*** *Resgate na costa da Sicília salva outras 80 pessoas, incluindo crianças, após embarcação superlotada afundar. Dezenas ainda estão desaparecidos.*

Liguei a televisão em busca de novas informações, e surpreendentemente nada era reportado pelos canais locais. O jornal matutino do Canal 5, agora com a equipe

12 Será sempre Twitter. Eu lamento, Musk.

jornalística da antiga emissora estatal, reportava sobre o bicentenário da Igreja de Santa Cruz das Almas dos Enforcados no Largo da Penitência. A emissora estatal então, que ainda existia, passava um documentário sobre o "legado heroico" de Dom Miguel da Santíssima Trindade, e as demais apenas programas de variedades. Considerando a beleza do bolo de coco que saía do forno, deixei no programa de culinária até o retorno de Ares.

— Uma notícia dessas deveria parar a cidade, deveria parar o mundo! É um descaso com a vida humana que me enoja, e não aparece em lugar nenhum. Talvez você esteja certo, tio. No máximo vira uma nota de rodapé – disse.

Ares então observou a tela do meu celular, a manchete de um jornal estrangeiro e as fotos dos resgates. Olhou cuidadosamente cada registro, ávido por mais informações, depoimentos, anotações, comentários e notas apenas com o pouco que via. O horror em seus olhos era latente.

— Por acaso eles informaram de onde são esses imigrantes? – perguntou como se faltasse ar em suas palavras.

— Não. No *Twitter* as coisas são mais simplórias e ágeis. Transforam centenas de vidas, de histórias, em uma palavra: "imigrantes". Podem ter saído da Líbia, Síria, Afeganistão, Iêmen, qualquer lugar.

— Pois bem – e apontou para uma foto em particular - Esse daqui saiu das Ilhas Afortunadas. Está vendo essas tatuagens no pescoço e no rosto desse rapaz resgatado? Os traços e desenhos são tradicionais nos povos cruímas das Ilhas do Sul.

— Tem certeza disso? – perguntei incrédulo – Os cruímas não são os únicos povos a se tatuarem.

— Tenho. Já convivi com eles, fiz diversas reportagens junto com eles para preservar a autonomia das reservas no sul da devastação que afligiu o resto do arquipélago. Entre os resgatados, mortos e desaparecidos estão membros dos povos cruímas, eu te dou certeza absoluta, e digo mais: eis o motivo da reunião de emergência de Atena.

Saímos de casa com um belo dia de sol, indiferente às preocupações que caíam como uma tempestade daquelas que surgem de repente nos horizontes de Pilares sobre a mente perturbada de Ares.

# 7.

Os dias no colégio seguiam como todos os outros, e a ansiedade multiplicava-se a cada nova data dos Exames Unificados. Uma cortesia das desinteligências do Departamento de Educação, desinteligências estas que Atena jurava não ser responsável apesar da ingrata tarefa de reformular as provas e, ao mesmo tempo, agradar um sem número de burocratas. Nesse vai-e-vem, ganhamos todos do governo as nossas primeiras crises de ansiedade.

A Dom Miguel estava preparada para cada imprevisto, claro. Sempre esteve. Impávidos como as salas de tijolos vermelho-reformatório, os professores sabiam da importância e os meios necessários a zelar o bom nome do colégio. Um poder de clarividência para questões nos Exames, aulas meticulosamente roteirizadas e, ano após ano, mantinham pais, os índices de aprovação nas universidades, e a inquietação de alunos sob janelas amplas e inacessíveis sob controle. Situação contrária da 25 de Março, sem recursos, planos ou perspectivas da capital.

— Sempre foi assim, uma palavra mal interpretada e os pais ficam todos melindrosos, brotam aqui como um enxame de vespas raivosas. Gente esnobe se sente ofendida até com o cheiro do peixe já pescado e descamado, ainda mais em bando, mas realmente agora está bem pior com esses dementadores[13] vagando pelos corredores - Leônidas, meu companheiro de trincheiras no dia-a-dia na Dom Miguel desde a primeira semana, sempre tinha um ponto.

— Você tinha que ver as aulas preparadas por Atena. Não tem nem comparação. Tirando a Mirian, todos esses aí ficam no chinelo – eis um filho orgulhoso de Praia das Lágrimas.

A começar pelos cochilos em aulas como as do professor Boris, sequer cogitados nas de Atena e seu faro apurado de alunos desatentos. Ficava mal por aquele senhor pálido de uma doçura matutina que beira a irritação e cujos roteiros de lições guardava no mesmo armário do suspensório e a coleção de gravatas borboletas, mas o que eu poderia fazer se os devaneios eram tão convidativos? Enquanto sofria com alguns *slides* e fazia a mesma piadinha do Dia da Mentira e o Golpe de João Ribeiro, eu ressoava com a força da natureza de Atena em sua melhor versão, protagonista de sua própria peça em meio às carteiras enferrujadas da 25 de Março:

> *"Vejam só isso. Em meio às tensões e a paranoia da Guerra Fria, que de fria não tinha nada no Sul, ganhava contornos cada vez mais agudos com o governo de Luís Gama, o primeiro negro eleito pelo voto popular. Sim! Nós tivemos um! Qualquer fagulha poderia ser o*

13 Criaturas mágicas do universo Harry Potter responsáveis por guardar a prisão de Azkaban e roubar a alegria de prisioneiros e outros seres.

*estopim de um desastre catastrófico, e assim foi (e imitava o acender de um isqueiro). O capitão-de-fragata Augusto Coimbra, sem dormir por dias e embarcado em um navio de guerra sem condições de travar batalhas sequer contra gaivotas, relatou ter avistado – vejam só – submarinos soviéticos na costa sul das Ilhas Afortunadas (Atena subia em uma das carteiras, de preferência do aluno mais sonolento, e com as mãos fingia ajustar um binóculo). Se vocês prestam atenção no que realmente importa, isso é, nos jogos de futebol, então reconhecerão Augusto como um histórico goleiro do time do exército, famoso por suas pixotadas e falhas clamorosas. Irônico, não? Um goleiro, que mal enxergava os chutes dos adversários, jura que viu nitidamente* SUBMARINOS SOVIÉTICOS *(e fazia caras e bocas de espanto), e não baleias-jubarte dando um passeio pela costa como todo santo ano. Esse foi o estopim para que o alerta fosse dado para o alto-comando e, diante da titubeação dos generais, um tenente – já famoso entre os batalhões por seus delírios de heroísmo contra 'a ameaça vermelha' e discursos paranoicos – arregimentou tropas, recebeu...incentivos da embaixada americana, e deu fim ao governo. Claro, em 1º de abril".*

Também aproveitava o embalo das distrações e rememorava os encontros no Quebra-Galho. Ajudado pelas férias entre semestres, eu consegui participar dos dois clubes seguintes, cada vez mais subversivos nas palavras de Mirian. Prosseguimos com as leituras de *O Vendedor de passados* do angolano José Eduardo Agualusa e *Hibisco Roxo*, da minha agora escritora favorita Chimamanda Ngozi Adichie, e imaginava todos aqueles seres singulares sentados na sala e ensinando algo de verdade para essa elite entorpecida por uma praticidade árida:

> *"Somos todos africanos, não somos? Sem o resgate da nossa cultura, o que somos além de itens roubados no Museu Britânico?"*, Harare tomara a iniciativa em todo o debate.
>
> *"Ora, nós somos muito mais do que objetos de coleção. Cabe a nós contarmos a nossa própria história, nossas crenças, sem floreios ou delírios de grandeza. 'Parte de um grande império' é o que fala o Duque. Grande para quem? Aquele que nos dizimou aos milhões?"*, Dona Cibele sempre precisa assim como o seu sorvete de manga.
>
> *"Não existe botão de reset na História, mas cabe a nós questionarmos sempre essas construções impostas pela colonização e defendidas como verdades absolutas. Elas só mudam de roupagem para que se perpetuem no imaginário"*, defendia Mirian enquanto se contentava com o chá de Tayeb.

Estranhamente, Ares permanecia soturno até nas minhas fantasias, substituindo os discursos de outrora por uma debilidade monossílaba. Sentado nos fundos da sala, meu tio permanecia subjugado pelas vozes incessantes em seus pensamentos, alimentadas por perguntas que se acumulavam sem respostas e uma paranoia crescente frente ao descrédito dos amigos de trincheira. Um livro, uma cadeira, um vaso de plantas, algo sempre estaria diferente a cada bater de porta, a cada nó desatado em sua nova obsessão oculta dos demais, a cada muxoxo de reprovação perante a finitude de seu bem-estar.

Terminada a primeira aula do professor Boris sobre os acontecimentos de abril de 1970, nós seguimos com a urgência de todo adolescente pelo corredor central em direção à liberdade. No caminho, eu e Leônidas esbarramos com Helena, de quem colecionava - algumas - negativas de *dates*[14], a última para o próprio clube de leitura no sebo de Seu Tayeb. "Como diz o seu tio, que ideia genial a sua", ria Leônidas.

A amizade com ele foi instantânea, e deixou tudo um pouco mais fácil na adaptação àquele novo universo. Filho de pais que saíram das palafitas de Mãe Olokun e prosperaram sem heranças ou arranjos, ele foi o primeiro a me receber naquele ambiente mais parecido com a Assembleia da República do que as ruas do Largo da Gambiarra. Dois desajustados para os assuntos da dita Masculinidade se reconhecem de longe, e assim nos tornamos inseparáveis nos fracassos diários e desajustes do cotidiano.

Foi Leônidas, incentivado pelas ações de seus pais nas ações pastorais, quem me ofereceu um cargo na recém-reativada agremiação "para abalar o resto das estruturas desse lugar chique, mas miserável". Fazíamos essa parte com louvor. Enquanto os agressores, encorajados diante da cegueira deliberada dos inspetores de disciplina, pouco se importa-

---

14 Encontros amorosos em tradução livre.

vam com a institucionalidade da coisa, um mestiço e outro sem sobrenome serviam ao constrangimento dos Filhos da Nação na representação de seus interesses...menos daqueles que portavam chicotes bem à mostra como provocação. Eles que se danem.

Na hesitação de puxar alguma conversa, qualquer conversa, com Helena, eu reparei numa porta estranhamente entreaberta, um laboratório em desuso com as luzes apagadas e iluminado apenas pelas frestas das cortinas que se impunham frente à escuridão preponderante. Também foi possível notar a silhueta de Mirian sentada numa carteira, com a postura de uma aluna repreendida por não ter feito a lição de casa, enquanto o inspetor Praxedes, temido até por seus colegas inquisidores, aparecia ereto, resoluto em uma missão especial que só ele tinha conhecimento. Queria chegar mais perto para compreender melhor o significado daquela situação e, claro, dar "oi" para Helena, até uma voz familiar soar dos portões.

— Bora dar uma volta por aí? Tirei o resto do dia para nós dois – declamou Atena, agora em um impecável tailleur creme em perfeito contraste com a multidão de alunos em uniformes suados de camisa meia-manga e calças caqui surradas, todos indo e vindo de e para todos os lugares.

A resposta veio com um abraço apertado, tempo suficiente para a porta fechar para bisbilhoteiros e Helena partir para o seu cativeiro em Tróia. Era apenas a segunda vez de Atena no colégio, sendo a primeira uma palestrinha bem muquirana sobre "os desafios da educação pública" para fazer valer o seu título fictício aos olhos do público. Ainda assim, detinha alguns privilégios de seu cargo, incluindo estacionar o seu infindável Classic nas vagas dos professores. Atena fez uma reverência monárquica ao "Mestre" Aquiles e seguimos com questões mais urgentes:

— Deixei o carro oficial e o motorista no Departamento. Não que andar de Mercedes seja ruim, mas existe um charme nessa minha *Millennium Falcon*[15]. Não há história boa sem alguns perrengues.

Entramos no carro, aquele verdadeiro armazém ambulante de memórias, e seguimos à toda, sem olhar para trás enquanto fugíamos da joia da Duquesa em direção à orla de Pilares. Era um daqueles dias sem nuvens no céu e tempo aprazível, nessa rara combinação de milagres que marcam os dias inesquecíveis.

> *Pilares, meio-dia e trinta. Quinze de agosto de 2023! Boa tarde, ouvinte da Rádio Nacional! Vamos aos destaques dessa tarde muito agradável nas gloriosas Ilhas Afortunadas. Um oferecimento do Banco da Fortuna. A verdade, somente a verdade, por aqui!*
>
> *Duque assina lei que altera regras para o funcionalismo público. O evento aconteceu em seguida do lançamento de projetos de educação no porto da capital. Agora eles terão que trabalhar, hein! Funcionário incompetente vai pra rua!*
>
> *Governo fecha acordo e vai patrocinar o Vasco da Gama do Brasil! Isso mesmo. A logomarca da agência de turismo "Conheça a Fortuna!" estampará o uniforme vascaíno por cinco temporadas. Ideia é expandir a*

---

15 Nave espacial icônica da franquia cinematográfica *Star Wars*.

*marca primeiro para mais clubes brasileiros e de Portugal. Coisa boa!*

*E agora, para agitar a tarde, o novo hit dos Falsos Agiotas! E na sequência, sem intervalos, Anitta e Bruno Mars. Só na nossa Rá-di-o Na-cio-nal!*

Fizemos um caminho bem tortuoso, daqueles que os taxistas de aeroporto fazem com os turistas desavisados para cansar ao máximo o taxímetro entre as paisagens. Passamos pela Igreja Matriz de Santo Antônio e sua fachada barroca do século XVIII, a antiga sede da administração ultramarina no Paço dos Duques, o Panteão dos Heróis, as aulas de Atena materializadas em ferro e pedra-sabão. Sorria a cada volta, testemunha de uma história cujos capítulos agora julgava escrever. Tampouco esqueceu dos decadentes bairros populares de Santo Elesbão e Cruz das Almas antes de adentrarmos a orla em si, suas praias e os infinitos barcos de pesca no horizonte.

— Parece ser uma boa pessoa esse Leônidas, filho. Gosto dele – disse Atena quebrando o silêncio constrangedor que por vezes impera entre mãe e adolescente.

— Ele é gente boa – respondi enquanto contemplava os cenários em ritmo de longa-metragem – Ele senta do meu lado na escola. Eu o ajudo nas lições de História e Literatura, e ele me ajuda em Química e Matemática, e nós dois apanhamos em Física. Minha vida na Dom Miguel ficou muito mais fácil com ele, ainda mais quando alguns idiotas fazem questão de te lembrar que você não pertence àquele lugar.

— Ele que te apresentou ao Grêmio Estudantil, certo?

— Sim, foi ele. Ele é muito certinho e, no fundo, todas as pessoas dependem, das mais obtusas aos folgados, dos certinhos para resolverem os seus problemas. Mais cedo ou mais tarde. Ele é muito bom nisso. Quando contei sobre a história do "soviete" de Praia das Lágrimas, aí mesmo que fui "contratado". Daqui a pouco eu despacho no seu gabinete – disse orgulhosamente.

— Daqui a pouco você me arranja um problema, Doutor Lelê – zombava – Sabe que essa história já chegou nos ouvidos do Ministro, logo nos ouvidos do próprio Duque. Eles não gostam nada disso, mas azar deles. Afinal, isso que vocês fazem não é a política? Ajudar os outros, pensar o coletivo e encontrar soluções porque é o correto a ser feito. Ainda mais quando a sua presença, em si, ofende esse povinho de suposto sangue-azul. É um caminho muito nobre, a arte do consenso, se você se ater aos imperativos morais do cargo.

Era notável o orgulho em suas palavras, e concluiu a fala enquanto manobrava para a entrada do Forte de Nossa Senhora dos Pilares aos pés do imponente Morro da Tentação e seus quase oitocentos metros de altura.

– Eis a grande surpresa do dia. Que tal uma visita e um almoço, todos exclusivos, no Forte? Às vezes os Ministros escapam de seus afazeres para uma voltinha por aqui em agendas mais... reservadas. Então pensei: que tal dar uma escapadinha aqui, com história e comida, com o meu filhote?

— Só se for agora! – reagi com a repentina, mas gratíssima surpresa que só Atena poderia proporcionar.

Cada mãe ou pai tem a sua linguagem do amor, e esses passeios culturais tinham lugar cativo no dicionário de Atena. Fazia valer a máxima que visitar a história é muito melhor do que vivê-la, e tínhamos uma pequena lista num caderno perdido por aí de lugares visitados e por visitar, e o Forte permanecia até então inexpugnável. Com a força da caneta de Atena, não mais.

O Forte, construído sobre um arrecife e em estilo abaluartado, de esquinas sinuosas que reproduziam a estrela de Belém e se impõe à inclemência da terra e do mar. É, junto com os pilares esculpidos na rocha do monte, o grande símbolo das Ilhas Afortunadas. Aqui, dizem os manuais, forjou-se a nacionalidade sob as canhoneiras dos inimigos e o sangue dos mártires da liberdade e tal e coisa.

O guia do passeio, alferes Peixoto, reproduzia com maestria o programa de folhetim do Departamento de Defesa enquanto passeávamos pelos corredores estreitos e insalubres. O calabouço usado pela última vez na ditadura do Generalíssimo, o padrão português dos descobrimentos ainda preservado em coluna de pedra do século XVI, as ferrugens dos canhões em prontidão, e as muralhas em constante luta contra a maré. A história não ocorreu exatamente da forma como ditada pelo nobre militar, mas Atena, em sua magnanimidade, não o constrangeria em suas funções estratégicas para com a Gloriosa República. Apenas em uma oportunidade não se deteve:

— Permita-me. Essa é a parte mais curiosa do cerco dos franceses. Os portugueses indicaram Santo Antônio como o primeiro padroeiro dessas terras recém-descobertas, o santo dos náufragos, e, como tal, essa imagem foi colocada no forte ainda em meados do século XVII. Estamos falando de uma base militar, então o governador-geral o imbuiu da patente simbólica de soldado.

— Com direito a soldo e tudo – confirmou o competente alferes Peixoto.

— Exatamente, e aí que fica interessante. Em março de 1753, mais ou menos cento e trinta anos após entrar em serviço e inúmeras promoções, o então Capitão de Mar e Guerra Santo Antônio, com a explosão do paiol e boa parte do oficialato indo para os ares, passou a ser um dos oficiais de maior hierarquia entre as tropas portuguesas restantes na defesa da fortificação e da colônia. Abaixo apenas do Grão-Duque, que não se encontrava aquartelado. A grande questão é que, por sua inestimável valentia em batalha, permaneceu com as suas promoções até chegar ao posto de Coronel, quando o seu soldo foi suspenso com a Proclamação da República. A quem pagavam o soldo? Eis o mistério da fé. Até sugeri uma vez que retratassem essa história nas peças do primário lá em Praia das Lágrimas.

Não houve resposta de um sorridente, mas confuso alferes Peixoto.

Logo em seguida da visita, nós fomos escoltados pelo guia e alguns auxiliares até uma mesa improvisada perto do quebra-mar, com um guarda-sol grande o suficiente para abarcar ambos e com vista privilegiada tanto para a orla quanto ao Morro da Tentação. O prato do dia, badejo com legumes cozidos, seria servido em momentos. Enquanto Atena perdia-se nas mensagens intermináveis no celular, eu encarava os pilares esculpidos em rochas tão antigas quanto o mundo:

— Os primeiros portugueses batizaram os entalhes em homenagem aos doze trabalhos de Hércules, e assim ficou. O nome original não sobreviveu ao tempo, ou melhor, aos próprios portugueses - ensinou Atena uma vez mais.

— Tem alguma história sobre o fim do mundo, não tem?

— Essa é uma das versões que persistem de boca em boca através dos descendentes cruímas. A minha preferida é que os deuses, cansados da arrogância humana, resolveram derrubar os céus e acabar com o mundo. Cruím, um pequeno artesão dessa ilha, resolveu fazer algo a respeito, mesmo sem qualquer prestígio entre os seus. Fraco por não defender a guerra, e os fracos deveriam perecer nas mãos dos mais fortes. Mesmo assim, contrariou as ordens de mobilização para o combate e subiu no pico mais alto do arquipélago com as próprias mãos. Lá, Cruím esculpiu cinco pilares na bochecha do morro usando tão somente as suas habilidades, assim segurando o céu e prevenindo o fim dos dias. Dizem que, maravilhados com a astúcia e a criatividade do ser humano, os deuses não puniram a humanidade, desde que Cruím e seus descendentes liderassem o povo, que estava preparado a lutar em vão e morrer em batalha até a última criança. Na lenda, enquanto os pilares de Cruím, o Talentoso, aguentarem o peso do céu e permanecerem de pé, esses valores predominarão e o mundo não acabará.

Então encarei aqueles pilares e seus propósitos milenares como nunca os tinha encarado antes. Se nem mesmo os deuses as fizeram ruir, se nem mesmo as guerras, as pestes, as invasões e os genocídios nas colonizações, a escravização sistemática dos povos africanos e povos nativos, as Cruzadas, a Inquisição, o imperialismo, o Congo de Leopoldo II, o nazifascismo, o stalinismo, o Holocausto, as bombas atômicas, o Apartheid, a Guerra Fria, os golpes militares e as guerras civis na periferia do mundo, as torturas, o 11 de

Setembro e as invasões americanas, a covid-19, a Amazônia em chamas, se nem mesmo tudo isso ainda não resultou no fim do mundo, então o que enfim causará? Uma vez sonhei que, tal qual Númenor[16], a gloriosa sociedade das Ilhas Afortunadas era consumida pelos oceanos enquanto desabava em ruínas. Os pilares, tão magníficos aos olhos dos homens, desabariam sobre nós em um dia de céus turvos, indiferentes às vãs tentativas de onipotência sobre todas as coisas. Corroídos pelo silêncio do cinismo suportado por nós ao longo das eras, os pilares do mundo cederiam sem anúncio prévio e sem alarde, em um dia banal de outono para o nosso choque e horror. Meu juízo restou inquieto com esse pensamento, mas Atena, alheia às profecias em minha mente, prosseguia certa de que esta era uma aula igual a todas as outras.

— Aqui mesmo era um templo em homenagem à lenda de Cruím, um que não perdia em nada à Acrópole ateniense em seu auge – prosseguiu - mas os portugueses, ávidos em conquistar a região e as rotas marítimas do Atlântico, construíram e ampliaram esse forte sob os seus escombros e com as suas próprias pedras. O nome exato do templo tampouco resistiu ao tempo, mas o nome do forte ficou marcado para sempre entre os povos cruímas. Goywaná, a Estrela-que-cospe-fogo. Em outra tradução, um pouco menos poética, Estrela da Morte.

O que são as perguntas não ditas se não as que mais esgarçam o espírito. Ensaiei algum questionamento sobre o Forte e o Estádio Nacional, o "povinho de sangue-azul"

---

**16** Reino fictício da Terra-Média, presente nas obras e mitologia de Tolkien.

e seu Duque, os novos inspetores, mas deixei de lado. Aprendi com o tempo que não se pergunta aquilo que você não quer ouvir.

— Tio Ares ficou bastante perturbado com as notícias dos naufrágios de imigrantes no Mar Mediterrâneo. Ele acha que tinham cruímas entre os mortos e sobreviventes, mas em nenhum lugar passou a notícia em Pilares. Nem na televisão ou mesmo nos jornais. Sabe de alguma coisa? Inclusive, o tio Ares anda meio estranho. Mal atende as ligações ou responde as minhas mensagens. Está mais enfurnado em casa e em seus próprios pensamentos, e até nos clubes de leitura quase não participa mais. Só disse que "está trabalhando em uma coisa", mas se fechou para as perguntas e o convívio.

O almoço então chega e é servido por um soldado em trajes brancos de garçom, e sua presença impõe um silêncio desconfortante. Apenas quando dá meia-volta, Atena toca novamente no assunto:

— Aqui não é melhor lugar para falarmos disso – desconversou – O meu irmão é acometido por uma Síndrome aguda de Muro de Berlim de vez em quando e passa a enxergar com alguns filtros conspiratórios. O que eu posso dizer é gente está trabalhando em um projeto superbacana para os povos cruímas nas reservas das Ilhas do Sul, e estamos usando os próprios recursos dos *royalties* da mineração, agora superado aquele pequeno impasse. Esse tem a minha própria assinatura. A parte teórica está impecável, o Ministro já deu o aval, e os demais Departamentos já deram o sinal verde para que se executem os serviços. Vamos dar educação e qualidade de vida para eles, pela primeira vez na História desse país. Hoje mesmo participei do evento com o objetivo de iniciar as obras de creches na zona portuária. Menos teoria e mais prática. O mundo muito em breve saberá o que se passa nas Ilhas Afortunadas... uma pena que semana que vem precisarei comparecer à uma sessão da Assembleia para falar sobre o atraso dos Exames. Um espertinho conseguiu intimar o Ministro e, se ele está intimado, eu também estou.

— Tenho certeza que vai tirar de letra isso, mãeínha. Um brinde à próxima Duquesa! Saúde! – ofereci com alguns traços de zombaria e orgulho diante das palavras vaidosas de Atena.

Vê-la falar de seu trabalho, hoje eu confesso, causava um quê de admiração que poucos agora conseguem compreender. Atena sempre dizia que "maternidade é um mergulho no mar de noite", e o desbravamento dessas delícias e do desconhecido juntos fazia tudo valer a pena. O dia com ela foi muito prazeroso, agora mesmo consigo sentir a brisa e a maresia enquanto escrevo essas palavras, o calor de seu abraço, o sabor daquele almoço, e as gostosas risadas que trocamos até nos convidarem gentilmente a nos retirar após o horário disponível para civis.

No dia seguinte, no que deveria ser mais um dia de aulas, revisões intermináveis e lições de casa, o roteiro mudou para além de nossa compreensão. A continuidade da aula do professor Boris sobre os acontecimentos de abril de 1970 foi com o próprio inspetor Praxedes em seu uniforme cinza-nublado exageradamente engomado e uma boina dos tempos de serviço policial. A lição, agora intitulada em grifos e destaques num garrancho terrível, versaria sobre "A GLORIOSA REVOLUÇÃO DE 1970", e tivemos que cantar o hino nacional antes e depois o soar dos sinos que marcam a troca de disciplinas.

Por sua vez, a aula da professora Mirian sobre os movimentos artísticos dos romances proletários foi simplesmente cancelada sem qualquer justificativa pela direção. Questionados, os funcionários da Dom Miguel apresavam os passos ou contestavam a própria existência desta aula na grade, até mesmo se pertencia ao quadro de professores. Nós fomos liberados mais cedo e recomendados a ficar em casa até segunda ordem. Atena e Ares permaneceram incomunicáveis ao longo do dia, ao contrário de Leônidas e à fervura dos grupos estudantis, ávidos por fofocas e rumores edificantes nas redes sociais.

# 8.

Uma longa e arrastada semana se passou, e as respostas opacas para as nossas dúvidas apenas deixaram no ar o que seria o novo normal na Dom Miguel. Entre afirmações contraditórias e silêncios inquietantes, uma força-tarefa dos grêmios estudantis com braços em algumas escolas da capital e de Praia das Lágrimas conseguiu traçar o seguinte panorama.

Por determinação do próprio Duque, e esses foram os exatos sussurros de Atena em um café da manhã após muito aporrinhá-la e demonstrar uma nota de contrariedade em seu semblante, os alunos das Ilhas Afortunadas passariam por "amplas reformas educacionais e administrativas". Os professores considerados "ineficientes" e "improdutivos" foram aposentados, independentemente do tempo de casa, demitidos "a bem do serviço público" sem a estabilidade de outrora, ou mesmo *convidados* aos centros educacionais nas Ilhas do Sul, administradas de perto pelos militares. Alguns desses nomes identificamos em notas de rodapé dos jornais de Pilares, às vezes até inseridos nos obituários por – presumíamos - algum erro editorial, como no caso de Boris. A situação de Mirian, contudo, permanecia um mistério.

Inexistiam critérios claros, igual toda boa política pública nas Ilhas Afortunadas, mas suspeitamos que os relatórios constantes dos inspetores "visando a segurança institucional e a disciplina" foram essenciais, a ponto que alguns foram promovidos à cátedra. Um abraço para o agora Capitão Praxedes. Quanto mais distantes as escolas da capital, mais inspetores ganharam a incumbência de disciplinar os alunos em áreas estratégicas, assim definidas por ordem direta do Duque. De acordo com as nossas fontes anônimas, o êxtase da beata Maria das Dores com as medidas foi digno de nota, "o mais próximo que chegou de um orgasmo". A ordem também suspendeu algumas matérias taxadas como "ideológicas", como Artes e Educação Sexual, e outras como Filosofia e Sociologia seriam paulatinamente substituídas por "Educação Moral e Cívica", sabe-se-lá-Deus o que isso significaria além das inserções constantes do hino nacional nas segundas e sextas-feiras.

— "Ó Gloriosa República! Venturosos nós seremos em perfeita união! A roda da Fortuna nos pertence e nos invoca a dominar o mar e marchar face o canhão!", daqui a pouco eu terei um enorme prazer em marchar contra a porra de um canhão só para não cantar mais essa merda junto com essa bosta de gravata que nos obrigaram a usar. Uma gravata! Quem foi o animal que nos obrigou a usar uma gravata em um país tropical?! – esbravejava Leônidas, sempre lógico e preciso em suas palavras até ser repreendido pelos inspetores.

Ares, acordado de sua aparente letargia com o desaparecimento de Mirian, também se interessou pelos extraordinários acontecimentos no colégio. A transferência repentina às Ilhas do Sul de alguns docentes e membros da equipe técnica da Dom Miguel, profissionais dedicados ao colégio por muitos anos, ganhara a sua atenção, bem como outras histórias similares que surgiam inquietas nas ruas do Largo da Gambiarra. Escondia as suas reais intenções em nossas breves conversas no sebo de Tayeb, incerto de si e das reais intenções do destino, mas o senso de urgência estava lá, vivo como nunca.

Visitei-o poucas horas antes de me encontrar com Atena e perguntou, também entre sussurros, quais novidades eu tinha. Convidou-me para um lanche depois de muito tempo, uma imposição dos desvarios que serviu apenas ao afastamento daquele mundo. Antes vigoroso, agora Ares encontrava-se um fiapo de gente. Olheiras profundas, emagrecera e descuidara da própria aparência, com a sua famosa juba já esbanjando fios brancos antes devidamente aparados, e com uma camisa abotoada sem qualquer zelo. A agitação em sua perna direita, como se tivesse acometido por um tique nervoso, era o único sinal que sua cabeça permanecia em funcionamento, não necessariamente em ordem.

— As coisas mexem de lugar sozinhas, meu sobrinho, como se tivessem vida própria. Não sei o que está acontecendo, Lelê. Mal saio de casa e quando saio, nem que seja por um momento, a casa está transformada. Não digo revirada, como se alguém procurasse por algo, mas apenas... transformada. Não sei explicar. Penso que estou sendo espionado, essa percepção nasceu após o clube de leitura de Kafka e piorou quando voltei a escrever, mas não faz sentido. Por que só mudar alguns livros de lugar? Procurei por grampos e escutas, e não descobri nada. Acho que estou perdendo o juízo – confidenciou numa voz esgotada.

Observei atentamente os cômodos de sua casa, item por item, na esperança que as angústias de Ares fossem apenas fruto de sua imaginação. Não senti falta de nada, tudo o que eu me recordava de sua sala, seu quarto, a cozinha, os banheiros, os ambientes de lazer, tudo lá permanecia. Esforcei-me quanto às ordens das coisas, que sequer prestamos atenção no dia-a-dia e em visitas esporádicas, quando novamente as prateleiras de sua biblioteca chamaram a atenção. Agora os livros estavam em ordem decrescente de tamanho, sem respeitar a organização pretérita de cores frias a quentes e sem justificativa aparente. Também percebi que o arranjo das samambaias estava esquisito. Os cestos antes suspensos agora estavam no chão e vice-versa, de modo que algumas já sofriam com a nova iluminação e outras padeciam nas trevas.

— Talvez seja estresse, tio. Você precisa descansar um pouco – já não acreditava integralmente em minhas próprias palavras.

— Pode ser. Eles querem me enlouquecer, esse desgoverno que nos assola, e talvez consigam, mas levarei alguns deles comigo. Preste muita atenção, Lelê. O que você me contou bate com algumas coisas que ando pesquisando, coisas até agora carentes de explicação. Acho que hoje começaremos a colocar luz em algumas dessas respostas, contatei algumas fontes antigas e tive que, digamos assim, limpar a minha poupança. Hoje será um bom dia, e os próximos ainda melhores, mas não estarei aqui para vê-lo. Se alguém perguntar, responda que fui passar alguns dias com a sua tia-avó Benedita em Algarve Novo e, principalmente, não conte a ninguém sobre o que conversamos, nem mesmo Atena – pediu com a urgência que a vida nos impõe.

— Eu não me sinto confortável com isso, tio – olhava para os cantos em busca de algo, qualquer coisa.

— Faça esse favor por mim, meu sobrinho, por favor. Entenda uma coisa. Um escritor alemão[17] uma vez se questionou, na prévia da guerra, como o nazismo pode acontecer em um povo tão refinado igual ao germânico, capaz de produzir Kant e Goethe, mas também Hitler e Eichmann. Os sinais estavam todos ali, enraizados até nos mais incríveis dos seres. Vejo as Ilhas Afortunadas e toda a sua glória e me inquieto. Entende agora? – a fala saiu de suas entranhas mais profundas.

Assenti e dei um forte abraço no meu tio, não longo o suficiente, pois se soubesse dos próximos acontecimentos, se detivesse o poder de comover os deuses tal qual Cruím, eu pararia o tempo apenas para que esse abraço se estendesse ao infinito com único fim de impedir o desabamento do céu sobre os nossos ombros.

Embarquei no carro oficial do Departamento de Educação que chagara na rua e prosseguimos viagem até a Assembleia da República para a aguardada sessão. Nesse dia, a manhã luminosa de sempre se anoiteceu, como se o manto azul desses mesmos deuses estivesse sujo de poeira e fuligem, e o ar oprimia os pulmões.

— Como está o seu Tio Ares? – Atena perguntou ansiosamente, mais pelas próprias circunstâncias do que as de seu irmão.

---

17 Thomas Mann (1875 -1955).

— Está ótimo. Melhor que da última vez. Ele mandou um beijo – menti para a minha mãe, o maior pecado de todos.

Minha companhia acalmava Atena, a grande razão por trás do seu convite. Medo de ser servida em uma bandeja de prata aos deputados ávidos por carne fresca, e conhecia muito bem os meandros da Gloriosa República para saber que a corda sempre arrebenta, com a simplicidade imposta em toda decisão complexa, para quem não é um homem branco. Assim seguimos em silêncio, sem rádio ou conversas paralelas, apenas a opressão de nossas presenças até o destino.

"A sorte acompanha os audazes", um belo lema dos marinheiros das Ilhas Afortunadas que resume bem a aposta bem-sucedida do deputado Tomé de Souza. Apostou alto na velha máxima popular que os deputados, especialmente os governistas, não se dão ao trabalho de ler o que é passado do Paço dos Arcos e fez o óbvio: escondeu um requerimento malcriado junto à papelada enviada pelo Duque. Na ânsia de bajular o líder por moedas de prata e migalhas de poder, diversos deputados assinaram e ratificaram o pedido da oposição. Foi um escândalo! Quanto mais buscavam justificativas insólitas para o vacilo, de "erro na documentação" até "transparência doa a quem doer", pior ficava para o governo, que já não escondia a ira. O próprio Supremo Tribunal de Súplicas foi instado a se manifestar sobre a matéria e, sem ter para onde escapar da artimanha, apenas desobrigou o comparecimento do próprio Duque. Pela primeira vez desde a reeleição, o governo seria colocado contra a parede de verdade, e Atena seria um dos alvos.

Fomos recebidos no Plenário ainda vazio pelo *Deputadíssimo* Pastor Carlos Magno, presidente da Comissão de

Educação e Cultura da Assembleia e titular da tropa-de-choque pessoal do Duque no Legislativo. Uma imitação grosseira de sua correspondente francesa, eu devo acrescentar, com as suas pinturas e estátuas clássicas retratando os dias gloriosos das Ilhas Afortunadas, seus heróis e batalhas em prol da civilização ocidental. Um mosaico, nitidamente mais novo que as demais obras das galerias, chamou-me a atenção, indicando um mapa das "Grandes Ilhas Afortunadas" escrito em latim com um arquipélago bem maior que o usual. Identifiquei algumas dessas "novas" ilhas, todas de povos irmãos ao longo do Atlântico, alheios aos planos civilizatórios do Duque e toda a sua glória. Não fazia muito sentido lógico naquela representação, mas não são todos os impérios ultramarinos assim? Agora ansiava por um para chamar de seu. Mirian estava certa em sua colocação no clube de leitura de *O Vendedor de Passados*, uma que ganharia eco nos tempos de Atena como professora.

> *Deseja-se recriar um passado idealizado que nunca existiu para nos vender um futuro brutal. Enquanto isso, traga-se o presente como entorpecente. Eis a sina das Ilhas Afortunadas.*

Muito afago aqui, muitas trivialidades acolá, e enquanto servia um uísque aos colegas parlamentares e demais intimados em seu gabinete, o deputado sorria através do estupor de uma despreocupação genuína:

— Fiquem tranquilos, meus amigos. O Duque e o governo podem ficar tranquilos que, nessa arena, quem dita as regras sou eu e, se necessário for, eu inverto o tabuleiro.

Confesso que essa manobra foi bastante constrangedora, ouvi poucas e boas do Duque nesses últimos dias e tivemos que ajustar a pauta nas redes e na imprensa, mas é bom para saber quem é digno de confiança. Saiba, guri – e agora olhava para mim no canto da sala, longe da barreira de autoridades sentados um ao lado do outro e logo atrás de Atena – infelizmente, a nossa área é sórdida, muitos espertos e muitos que se dizem espertos, com ênfase nesse último grupo. Nessa carnificina toda, perdoe-me Atena, mas precisa ter colhão para ser o lobo alfa nessa alcateia para liderar as ovelhas do rebanho.

O constrangimento de Atena foi apenas o prenúncio do desastre que se seguiu, a começar pela ordem de falas na comissão. Enquanto os convidados de Carlos Magno bebiam e importunavam a minha mãe com comentários indecorosos, os poucos membros da oposição, cujos assessores acamparam nos corredores na madrugada anterior, garantiam as primeiras perguntas da sessão. Afinal, as regras centenárias impunham a ordem de chegada como critério de impessoalidade, e eles também sabiam "inverter o tabuleiro". Quando descemos até o salão, as principais cadeiras já estavam tomadas por Tomé de Souza e seus camaradas, além de alguns políticos ávidos pelos quinze minutos de fama prometidos.

Mesmo escanteado – afinal, quem sou eu em meio aos adultos responsáveis pelo futuro da Nação? – eu pude acompanhar todos os detalhes desse festival de constrangimentos. Até Kafka ficaria perplexo. Todos foram alvos das mais diversas e curiosas perguntas, algumas pertinentes e outras completamente aleatórias, mas Atena, a única mulher e não-branca da sala, foi a vítima preferida da comissão. Do meu canto esquecido da sala, Asdrúbal entretinha-se com a sua pilha de papéis, alheio aos bufões que se esgoelavam nos microfones. Às vezes ensaiava uma conversa com alguém pelo celular, bloqueando a opulência de seu bigode aos enxeridos, mas a atenção parecia mesmo voltada às muitas folhas familiares. O símbolo da Revista Dínamo exibia-se orgulhoso, um ar de credibilidade que somente um texto de Ares, rabiscado com grifos e tintas, pode transmitir.

> — *Subsecretária Atena, por que começar do zero o programa nacional dos Exames Unificados? Vossas Excelências não temem atrapalhar a vida de milhares de alunos enquanto brincam de reformar algo que funciona?*
> — *Subsecretária Atena, a senhora poderia explicar o que seriam as tais "operações estruturadas" do órgão e as razões pelas quais não há qualquer controle social, nem mesmo audiências públicas, sobre esses projetos? A senhora entende que esses projetos são transparentes?*
> — *Subsecretária Atena, Vossa Excelência pode esclarecer os motivos que levaram à elaboração, praticamente da estaca zero, do banco de questões dos Exames Unificados? De quem partiu a ordem? A ingerência do Presidente da República, em sua cruzada ensandecida para a presença de supostas questões ideológicas, pesou na decisão? Não corte o meu microfone, Senhor Presidente! Ainda tenho tempo. Voltando. E esta decisão não é o cerne que causou uma série de atrasos sem precedentes para os vestibulares?*

*— Questão de ordem! Se pesou na decisão da Subsecretaria e do Departamento, a senhora, sendo uma comunista histórica e irmã de um comunista atuante, nem sei se é possível existir uma ex-comunista, não poderia ter infiltrado novas questões problemáticas? Como saber se as questões são seguras para as nossas crianças a não ser pelo crivo do Ministro ou do próprio Presidente da República?*

*— Eu gostaria de apenas um esclarecimento de Vossas Excelências. Dentre as inúmeras coincidências que marcam essa República, uma me chama a atenção em particular. Uma reportagem da revista Dínamo, ainda no primeiro mandato do atual Presidente, aponta que a família Hindemburgo, conhecida pelos feitos mafiosos, e essa é a palavra que quero deixar registrada, do patriarca e Sr. Vicente de Hindemburgo e sua conhecidíssima banca de loterias clandestinas e agiotagem, ganhou uma série de contratos vultuosos do novo governo, deste governo, ao arrepio da lei e para serviços não especificados. Coincidentemente, o autointitulado Duque teve as suas campanhas irrigadas por contas e empresas ligadas aos Hindemburgos e, coincidentemente, a família tem diversas ligações com a sua juventude e foi responsável, entre outras coisas, por arcar com os custos de sua educação enquanto filho bastardo dos Abreu e Lima. Agora temos alguns Hindemburgos no alto escalão, incluindo um que não apresenta qualquer qualificação para o Departamento de Educação, e coincidentemente se tornaram sócios do Banco da Fortuna, uma baita empreitada meteórica. Podem esclarecer essas coincidências?*

*— Eu gostaria de questionar Vossas Excelências sobre as relações dos projetos do Departamento de Educação, especialmente os confeccionados pela tal Subsecretaria de Operações Estruturadas, com o Estado-Maior das Forças Armadas. Desde que este Parlamento aprovou a intervenção nas Ilhas do Sul para a suposta garantia de "segurança nacional e soberania" em conjunto à desregulamentação do setor de mineração, várias rubricas envolvendo os royalties de mineração, exclusivas para a Educação, constam as Forças Armadas como destinatárias. Gostaria de saber como isso é possível, para onde esse dinheiro está indo, e se as "Entidades de Desenvolvimento Educacional da Nação – ÉDENs" fazem parte desses projetos. Estas foram recentemente destacadas pelo Ministro, para a surpresa desse Parlamento e sem grandes detalhes, em entrevista para a Rádio Nacional, perdão, para a rede EMFOCO, esqueço que são a mesma coisa, como "a solução para os Povos Cruímas" na forma de supostos centros educacionais que inexistem no orçamento aprovado.*

*— Apenas complementando a pergunta, uma questão de ordem, Sr. Presidente. Chama a atenção que, enquanto a Universidade Autônoma de Pilares é sufocada pelos cortes orçamentários e as bolsas para estudantes e pesquisas desaparecem, cada vez mais recursos são transferidos para essas "operações estruturadas", e não só na Educação. Era apenas esse complemento que eu gostaria de destacar.*

Ao contrário de seus colegas histéricos, que nitidamente se perdiam em suas próprias palavras para deleite de Tomé - e para Ares aonde quer que estivesse - Atena mantinha-se impassível. Quem se cria entre os alunos terroristas de Praia das Lágrimas está preparada para qualquer coisa, ainda algo tão similar em tom quanto uma sessão da Assembleia da República. Dava respostas coesas, por vezes tergiversava quando necessário, tudo em um mesmo tom de voz professoral. Contudo, uma pergunta a feriu de morte, o suficiente para a sua queda:

> — *Senhora Atena, tu não achas que por não ter o perfil usual de alguém em sua posição, junto com a jornada como mãe e sem um marido que dê suporte, a tua posição não atrapalha o planejamento de todo o Departamento de Educação?*

Se o nobre deputado fosse da oposição, uma resposta ácida bem dada ganharia elogios de toda sorte da chefia, ávida por manter o protagonismo nas redes com cortes secos e brutos, mas não foi o caso. Quem proferiu a famigerada pergunta foi o Mais-Que-Excelentíssimo Augusto de Magalhães, herdeiro dos barões do cacau nas Ilhas Afortunadas, amigo pessoal do Duque e – claro - destinatário da maior fatia de emendas parlamentares que se tem notícia.

— O senhor deputado está inferindo o quê? Que a culpa dos atrasos e dos problemas aqui debatidos com exaustão é que sou mulher? Uma mulher preta e sem homem para me colocar no devido lugar?! É isso? – questionou com dedo em riste.

— Não estou inferindo nada, Senhora Subsecretária, as dificuldades estão postas. São palavras de sua boca. Inclusive, todos nós sabemos de seu passado com o Ministro Pedro Lins, e todos nós sabemos que o relacionamento pretérito entre os senhores é a razão pela sua posse, então controle-se e responda à pergunta.

— Para o senhor, é da boca de Vossa Excelência! Ouvi calada o dia inteiro, com o perdão do meu francês, que política é para quem tem colhão. Uma lição gratuita de mitologia para os senhores, já que gostam tanto do assunto. Esquecem *Vossas Excelências* que quem determina o destino e a sorte, tanto dos deuses quanto dos seres humanos não são os homens, muito menos os engravatados e calvos, mas as moiras, três irmãs responsáveis por fabricar, tecer e cortar o fio da vida. A Fortuna, ela própria uma mulher, é regida não por colhões, mas por um útero e ovários e, no caso dessas Ilhas, de útero e ovários de uma mulher preta, orgulhosamente preta! Sem essa lorota de *mestiça* dessa democracia racial ficcional nas Ilhas Afortunadas, e sem marido para me colocar o cabresto. Gostem *Vossas Excelências* ou não.

— Senhor Presidente, a quebra de decoro aqui na casa do povo, ao vivo para todo o país, é flagrante diante tantos termos chulos e um completo descontrole emocional de alguém cuja indicação do Sereníssimo Duque, a quem nunca faltamos com o respeito, foi aprovada de forma quase unânime. Houve um esforço desta Casa para garantir essa vontade mesmo com um histórico em vermelho, mas o que vejo é tão somente é uma ingratidão de alguém até então insignificante. No fundo, eu lamento, mas Vossa Excelência é uma despreparada!

O caos instaurou-se na comissão, uns tomando as dores dos outros, com trocas de ofensas, acusações, empurrões, gritos - ouvi dizer de uma mordida envolvendo Tomé e Augusto - e artilharia pesada de bolinhas de papel entre os participantes que em nada perdiam para as famosas brigas na 25 de Março. O próprio Plenário da Assembleia da República foi contaminado pelo clima beligerante e as pautas sensíveis para o governo marcadas para aquela data, incluindo o aumento de gastos miliares e os primeiros debates sobre a emenda das reeleições, foram suspensas por prazo indeterminado.

Muitas conversas paralelas ao pé do ouvido e chega-disso depois, a normalidade voltou a reinar na Assembleia – se é que isso é possível. Para que o dia terminasse com alguma dignidade, em especial com a cobertura ao vivo de todas as emissoras do barraco institucional, permitiu-se um breve discurso do deputado Asdrúbal no Plenário. Estavam certos.

> *Senhores deputados, senhoras deputados, senhor Presidente, autoridades e cidadãos desse grande país. O que nos tornamos?* ***O que nos tornamos?***
> *Há muito eu me pergunto e pergunto a Deus se os rumos desta Casa, conhecida anteriormente pelo acolhimento e, principalmente, a tolerância de ideias e pensamentos plurais e honrados, agora encontram-se no ápice da balbúrdia. Se antes com o coração debatíamos propostas voltadas à melhora na vida de milhões de cidadãos, hoje nos enfrentamos com o fígado em divisões fratricidas que apenas servem à um falso profeta.*

*Enquanto isso, esses mesmos cidadãos permanecem, anos após ano, sem o mínimo de dignidade, sem o direito à água potável, à moradia, à certeza de ter um prato de comida ao final do dia. Pior! Hoje o nosso povo tão sofrido perdeu o direito constitucional mais básico de todos, aquele que fundamenta a nossa própria existência como seres humanos, que é* ***o direito constitucional à esperança.***

*Como nós podemos convencer o povo que, ao delegar a responsabilidade de representá-lo nesta Assembleia, nos empenharemos e entregaremos de volta dias melhores se estamos corroídos com a praga da guerra em nossas almas? Como diz o poeta: "a amargura saiu de moda desde que foi nacionalizada pelo ódio"*[18].

*Após refletir sobre os acontecimentos ao longo do ano, especialmente nos que testemunhamos juntos hoje para um recorde de audiência, arrisco dizer que há somente uma pessoa a culpar por esse caos instalado não só na Assembleia, mas em toda a sociedade afortunada. Um caos que só há um grande beneficiado e às custas de todos os outros, utilizando-se dos mais vis artifícios, incluindo a palavra de Jesus Cristo, o nosso salvador.* ***Cabe ao senhor Presidente da República esse papel****, que nos governa como se monarca fosse pois assim o deixamos. Aceitamos até o seu título imaginário sem contestação!*

*É evidente que qualquer tentativa de moderação, por iniciativa dessa Assembleia e de outros atores, falhou, e falhou por um motivo apenas: estava fadado ao fracasso*

---

**18** Trecho de O *aniversário de Juan Ángel*, do uruguaio Mario Benedetti (1971).

*desde o primeiro dia. Nunca foi a sua intenção, mas assim preferimos acreditar. Intenções hoje tão nítidas, mas que se apoderaram do país por meio das trevas, inoculadas na apatia e a ruína moral daqueles que deveriam fiscalizar aquele que habita o Paço dos Arcos, e aqui faço um mea-culpa tardio. Acenos de moderação eivados com o veneno de cinismo, promessas às nossas ambições, toda a sorte de artimanhas calculistas servindo ao único propósito de envernizar as ilegalidades destacadas hoje pela Comissão de Educação e Cultura e outras que certamente serão descortinadas em um futuro próximo.*

*Nesse sentido,* ***eu anuncio desde já o meu voto contrário à proposta de novas reeleições ao cargo de Presidente da República*** *e sua cínica justificativa de "liberdade eleitoral". Oponho-me também a qualquer outra iniciativa do plano em curso do Senhor Sebastião de perpetuação desse projeto torto de poder e um estado de guerra permanente no seio da população. Glória à Deus e Glória às Ilhas Afortunadas!*

Incrédulos, os correligionários do Duque demoraram alguns momentos no processamento daquilo que os seus sentidos captaram. Quando o fizeram, gritos automatizados de "comunista" e "traidor" ecoaram pelo Plenário e os corredores, já abafados pelos aplausos do bando oposicionista. A sessão foi suspensa definitivamente, e eu e Atena seguimos para casa em um silêncio eloquente à espera do soar das trombetas.

# 9.

No instante mais escuro anterior à alvorada, um dos últimos telefones fixos do Jardim Glaziou, com um desprezo pela sacralidade de uma boa noite de sono, ressoou por todos os cômodos. O horário internacional de toda desgraça. Dias e as semanas se passaram desde o desastre na Assembleia da República, e a urgência de um passa-fora nos acessos de raiva do Sereníssimo Duque a portas fechadas no Paço dos Arcos esvaiu-se com o tempo em entrevistas rechaçando o não tão "pequeno e irrelevante incidente". A ansiedade, por outro lado, expandia-se por todos os lados. Nada ocorreu no longo intervalo entre aquele dia e o tilintar agudo do telefone, absolutamente nada, uma eterna iminência que servia apenas a corroer os nervos e abafar os pensamentos.

Os jornais e influenciadores digitais, depois de uns dois ou três dias espremendo cada grama de engajamento e replicando e contradizendo as notas oficiais em cima de notas de repúdios, não tocaram mais no assunto. Todos empenhados em mover a pauta para longe daquele estardalhaço e soterrar aquela história no esquecimento coletivo, mas não o Duque. "Um homem desses nunca esquece", transparecia no rosto de mãeínha mesmo sem uma palavra trocada sobre o assunto.

A única consequência prática foi em casa. Se antes Atena sempre chegava tarde do trabalho e das entrevistas, nos horários mais aleatórios possíveis e repleta de pastas - e, devo fofocar aqui no bisbilhotar do quarto entreaberto, em mais de uma oportunidade com blusas amarrotadas e cheirando a perfumes amadeirados - agora seguia para a residência oficial depois do banquete preparado por este projeto de cozinheiro. Curiosamente, sempre logo após a refeição. O rosto da administração Duque empalideceu.

— Lelê... filho, desculpa, eu acho que alguma coisa aconteceu com o seu tio Ares – camuflava o tremor na voz em meio à penumbra e na delicadeza no abrir da porta, anunciando-se no tom que impera na madrugada para não atordoar os sentidos.

Em vão. A delicadeza passou logo para o susto e o susto para a perplexidade não com a minha reação, ainda processando o significado daquelas palavras, mas de Helena que dormia bela e seminua em minha cama enquanto me contentava com o colchão auxiliar rente ao chão, alvo preferencial de mosquitos e pernilongos. A fração de luz acesa foi seguida por meia-volta de Atena e estalos na cozinha em preparação de um café mais forte do que o antecipado. Enquanto Helena, coitada e constrangida, tomava um pingado com torradas e provavelmente rezava a Deus-todo-poderoso jogar um raio em sua cabeça naquele exato instante, eu e Atena debulhávamos sobre a grande quantidade de informações antes do primeiro raiar do dia.

— Nada contra, mas na próxima vez você poderia me apresentar à sua namorada de uma maneira um cadinho, só um cadinho, mais convencional. Uma pizza, um sorvete na Árvore Frondosa. Foi um tanto quanto... memorável.

Ainda imagino qual o gosto que sentiu naquele primeiro gole de café. Na ausência de um pai nessas horas, sentia-se o peso de cada palavra fumegante em sua boca. Tive pouco contato com os meus avôs, mas o suficiente para saber sobre a falta de preparo de Atena na abordagem dessas "coisas de homem". Dom Miguel da Anunciação, o vovô Mica, julgava-se mais português com o seu armazém de secos e molhados na zona portuária de Pilares do que os próprios lusos de Lisboa, "degenerados na defesa da civilização ocidental contra os bárbaros". Vovô Mica falava engraçado com essas palavras difíceis e vazias de significado, sempre com um caramelo em mãos ao recitar as histórias dos heróis gregos e romanos em suas aventuras nas guerras através dos sete mares e os céus, e me fazia prestar atenção nas missas em nome do nosso salvador Jesus Cristo. Não perdia a oportunidade de ressaltar o respeito a Cosme e Damião, meus protetores, e o temor a Deus, mas era a imagem de Santo Antônio a quem direcionava a sua adoração, o seu objeto mais valioso "fora a sua vovó" em suas próprias palavras. Mantivemos o santo no Largo da Gambiarra conforme o seu último desejo, ao contrário dos retratos macabros que ficavam aos fundos da bodega. Um rei jovem e infeliz[19], e uma assombração engravatada[20], todos jogados na caçamba mais próxima quando do encer-

19 Manuel II de Portugal, último rei português da Casa de Bragança, foi deposto pelos republicanos portugueses em 1910.

20 António de Oliveira Salazar (1899 – 1970). Ditador fascista do Estado Novo Português.

ramento das atividades do local, vendido à uma construtora para arcar com as dívidas de anos a fio.

Por sua vez, Dona Maria Pia, a vovó Nanisca, não falava muito na presença de vovô, mas a devoção à sua imagem era marcante. Foi tudo muito rápido. Aprendeu a ler e escrever ainda na fazenda de cacau ao norte da capital, a primeira de sua família desde tempos imemoriais, depois de nascer com a pele "um pouco menos escura". Uma graça concedida pelos donos da propriedade, a ser paga posteriormente com trabalhos dentro dos salões. Na primeira oportunidade, vovó Nanisca pegou uma condução clandestina com o pouco dinheiro que recebia e não ficava retido com "despesas" e foi deixada à própria sorte no cais do porto. Conseguiu um emprego de caixa no comércio de vovô Mica e casaram-se meses depois, logo antes do nascimento de Ares. "Seu avô fala dos tempos dos príncipes e princesas e esquece que quem descende de família nobre sou eu. Dos grandes reis do Congo!", e emendava nas histórias de seus ancestrais quando Mica se retirava em direção aos seus aposentos.

Não havia problemas de convivência entre eles, não que eu me lembre. "Se todos souberem os seus lugares", ensinava vovô Mica sempre na presença de vovó Nanisca e Atena, "tudo fica bem". Agora estávamos ali, um em frente ao outro, driblando o constrangimento.

— Ela não é minha namorada, mãe. É... complicado – nada como um pouco de constrangimento no café da manhã.

— Contatinho talvez? Ficante? Um aluno da 25 de março falava em arroba, igual uma conta Twitter. Um máximo! A urgência da juventude a tudo se impõe, até nas palavras e na transformação do idioma. Eu sinto tanta falta da sala de aula – debruçava-se sobre a nostalgia e o sono interrompido – Colega de turma?

— Sim, daquelas que só andam com os populares e os bem-de-vida. Um dia ela esbarrou comigo no sebo, procurava por umas cópias daquelas canetas que estão na moda nos TikToks das brasileiras, e aí de Seu Tayeb fez a propaganda dos meus vastos atributos. Com o buraco na grade por conta da suspensão das aulas de Lógica, afinal quem precisa disso nesse país, passamos a conversar mais.

— Que atributos? – o café no canto da boca escapou para o piso da cozinha com o sorriso com doses balanceadas de ternura e preocupação – Ai, ai esses homens, todos fluentes em latim. Espero que não tenham enganado a pobre garota. É bem bonita, meu filho. Um pouco branca demais, bem cria da Dom Miguel mesmo.

— Fluentes em latim?

— A todas impactam com suas falas grandiosas e persuasivas, essa pompa e a circunstância, mas, na hora H, não passam de línguas mortas – ria com o meu engasgo e, tal qual Helena, a súbita e inevitável vontade de morrer e sumir por um breve momento. Terminou o resto do café morno e fechou o semblante novamente – Preocupada com o seu tio Ares. Dessa vez o problema parece ser sério.

No primeiro sinal de sol, Helena seguiu às pressas o seu rumo – supostamente - para casa enquanto Atena cantava pneus em direção ao Largo da Gambiarra. Contara sobre a história da tal visita à tia-avó Benedita em Algarve Novo, uma lorota bem muquirana visto que nunca existiu tia-avó alguma por lá, mas de qualquer forma a distância para o centro da cidade era menor do que a extremidade do arquipélago.

*Pilares, seis e vinte da manhã. Bom dia, ouvinte da Rádio Nacional! Mais um plantão do jornalismo oferecido pelo Banco da Fortuna, e já começa agitado nas gloriosas Ilhas Afortunadas. Venha conosco nesse dia abençoado por Deus. Outubro é logo ali, e a verdade, somente a verdade, só por aqui!*
*Hoje o asfalto está quente! Vagabundo vai rodar! De acordo com a nota do Departamento de Assuntos Internos e Ordem Social, deflagrou-se nessa manhã, por ordem direta do Duque Sebastião, a Operação Leviatã contra a corrupção. De acordo com a informação fresquinha encaminhada para a redação, a polícia mira "uma organização criminosa perigosa e sofisticada, com agentes infiltrados nas mais diversas organizações públicas e privadas, e que atua contra a juventude do país". Eles miram as nossas crianças, meu Deus!*
*Nossos repórteres estão espalhados por Pilares e arredores acompanhando todos os desdobramentos, todos os mínimos detalhes, então aguardem por novos boletins ao longo da programação.*

Atena não deu muitos detalhes do telefonema, apenas se referiu a um servente muito prestativo lotado no Paço do Farol, sempre atencioso apesar da desconsideração dos colegas pelo seu serviço. Ela comprava, sempre que podia, um doce para ajudar na renda, e o senhor agradecia com um café mais caprichado. Viu o nome de Ares entre "pessoas de interesse" em um documento rascunhado e esquecido na fila do triturador de papel na assessoria jurídica do Departamento. Mesmo desconhecendo o significado daquele amontoado de palavras e termos estranhos, ligou logo na primeira hora da sua jornada cada vez mais precária.

A expectativa posterior às inserções no rádio concretizou-se, e chegamos a uma verdadeira cena de guerra no Largo da Gambiarra. De qualquer forma, não deixou de ser um choque, ainda que com alguma dose de ironia, ver a casa de Ares sitiada por policiais de fuzis, capacetes cinza-chumbo e bataclavas de caveiras.

Seguimos em frente apenas mediante algumas carteiradas e conversas suaves com homens turrões. O capitão Macedo, responsável pelo teatro de operações, por fim permitiu que acompanhássemos as inspeções, desde que Atena prestasse depoimento ali mesmo "para resolver de uma vez esse pequeno inconveniente" e não tocássemos nas "fartas evidências" espalhadas pela calçada e dentro do que sobrou do porto seguro da família.

— Coloque esse crachá e não aborreça os agentes do nobre capitão. Vou lá tirar satisfações e retorno já – agora era Atena quem ditava as ordens, e seguiu para o interior de um furgão enquanto um brutamontes era ordenado a buscar alguns copos d´água e cafés para as formalidades de praxe.

Via-se de tudo um pouco, menos o próprio Ares. A porta de madeira entalhada pelo vovô Mica jazia no chão, vilipendiada com a poeira e a lama dos coturnos milicianos, ao lado de computadores e arquivos lacrados para perícia. Alguns agentes analisavam, em parafernálias de proteção contra covid-19 ou ebola, as pobres samambaias em busca de indícios criminológicos, e outros posavam para fotos com fardas pretas apertadas e submetralhadoras apontadas para alguns livros dolosamente desorganizados. Reparei em alguns volumes da coleção marxista da Universidade Autônoma, obras de Oscar Wilde, Camila Sosa Villada, Carol Bensimon, Pepetela, Fabrício Pacheco... e um Kama Sutra centralizado e em destaque. O fotógrafo do jornal Hermes, inclusive, parecia obsessivo com o belo exemplar do Kama Sutra.

Tentei entrar na residência para ao menos salvar alguns itens supostamente irrelevantes para qualquer investigação formal, mas não os achei. As camisas favoritas do Espártaco, incluindo a autografada pelo esquadrão de 1994, campeão invicto naquele ano - *sobrinho, veja aqui do ombro até a barriga: Zé Carlos, Esquerdinha, Fumaça e Mosquito. Mercúrio, Juninho Alagoano – brasileiro, viu? – Geladeira, Léo Trovão e Djalma Santos, que não é aquele. Yayá Martins, o Peixe Frito, e mister Jorge "Netuno" Baobá. Ninguém nunca verá time melhor nas Ilhas Afortunadas* - foram levadas, assim como a sua primeira máquina de datilografia portátil, a câmara Canon de estimação, e uma antiga edição inglesa de *O Hobbit* escondida na escrivaninha para situações de emergência. Testemunha de tudo isso apenas o Santo Antônio no topo da cristaleira, incólume, intransponível, e indiferente aos transgressores de sua morada.

— *Ballet el bahr*[21]! Deixe-me ir! Não conseguem ver que não passa de um algum mal-entendido?! Tirem as suas mãos sujas de mim! Me deixem ir!

---

21 "Vá azulejar o mar!", insulto árabe em tradução livre.

A voz inconfundível de Tayeb inundou o coração da casa de Ares e o fígado dos sentinelas, ansiosos para qualquer tipo confusão. Juntos ao camburão das Forças Táticas Especiais encontravam-se vinte e um presos, nenhum branco e em maioria homens, todos devidamente algemados e ajoelhados com as mãos atrás das cabeças. Não consegui identificar outras características que os unissem, profissões, idades ou ideologias, além da simplicidade das vestes e de estarem todos à mercê dos humores de seres inexpressíveis. Uma cena que nos acostumamos todos os dias nas telas dos noticiários e redes sociais, sempre envolvendo a suposta escória da humanidade, traficantes, homicidas, pervertidos, bestializados por aqueles que se alimentam do nosso desprezo. Não é permitido o choque em cenas assim, e os transeuntes seguiam as suas vidas plácidas sem um mísero vacilo no andar, mesmo com alguns rostos familiares na região entre os alvos. Harare, com o rosto inchado e sangue escorrendo pela boca, entre eles.

Dona Cibele não fazia parte do grupo, mas seu semblante dizia o contrário. Aproximei-me dela, mas foi o máximo que as caveiras permitiram.

— Prenderam Tayeb e Harare quando estavam abrindo a loja. Todas as sextas-feiras de manhã eles jogam gamão na bancada antes de aparecerem os primeiros clientes. São uns truculentos, ouviram só, uns truculentos! Deram umas bofetadas neles e se eles não calarem a boca darão outras. Eles me fizeram várias perguntas esquisitas e nem mostraram o motivo das prisões. Acham que Mirian e Ares são líderes de uma *organização criminosa*, onde já se viu. Pelas perguntas, o pessoal do clube que sobrou precisa tomar cuidado.

— Sabe se Mirian foi detida? Se está bem? Ignoram a existência dela quando perguntamos o paradeiro na escola. Leônidas tomou uma punição daquelas por insistir no assunto.

— Não falaram. Não falaram nada com nada. Foi riscada da história. Nem Isaac, o marido de Mirian, sabe de algo. Não deixou nem um bilhetinho sequer. Desde que se ausentou da mediação do clube, não tenho mais certeza de nada – concluiu imersa em pensamentos amargos.

Tayeb e Harare debatiam-se com as algemas apertadas em seus pulsos, recusavam-se a ceder um centímetro sequer, mesmo com os avisos e novos tapas sofridos. Apenas cessaram quando um dos guardas, armado apenas com um cassetete e a autoestima dos algozes, aproximou-se discretamente entre mim e Cibele. Quando Atena retornou de seu depoimento, a própria representação da estafa, aquela facção tão perigosa à Nação fora encaminhada ao seu destino.

— Vamos embora daqui. Fui dispensada do serviço no Departamento e as aulas foram suspensas em toda a capital. "Para se recompor dessa situação desagradável", disse o capitão Macedo e por ordem de Sei Lá Quem. Venha, vamos para casa – e seguimos em marcha em direção ao carro, acelerada quando esbarramos com uma suástica pichada em um casarão em ruínas e a conversa entre os dois guardas designados para nos escoltar "em segurança" até o veículo.

*O Mendonça é foda mesmo. Já serviu com ele? O cara é bom pra caralho. Escolheram a dedo quem seguiria*

*com a operação no Desterro. Mais uma defenestrite*[22] *para a conta do Mendonça, a terceira nesse semestre. Essa gente não aguenta uma visitinha da tropa do Mendonça. A fortuna não estava com Asdrúbal, nunca esteve. Quando colocam Mendonça no seu caminho, a sorte está traçada.*
*Quem deu sorte foi aquele veado do Tomé. Porra, tanta gente na corporação louco para capar aquele bostinha e chamam logo o Braga. Nada contra ele, respeito muito, mas isso é guerra. Muito certinho para o meu gosto, cheio de nhenhenhês.*

Atena remoía algumas palavras até o Jardim Glaziou, todas envolvendo alguma combinação de "Ares" e "traidor" com interrogações e exclamações intercaladas, algumas vezes juntas, outras vezes separadas. Neste ínterim, restava-me a distração das redes sociais em busca do tempo real dos acontecimentos, e as informações que se multiplicavam eram insólitas. Montagens grotescas em massa com os presos, incluindo uma perturbadora que comparava Tayeb com um terrorista do Hamas, outra de Ares e Mirian como ratos, todas produzidas por perfis de homens brancos de óculos escuros, nomes aleatórios e recém-admitidos na plataforma digital. Imagens e vídeos de batidas policiais entre os *posts* mais populares, e quanto mais comentários raivosos – *"vagabundos"*, *"bandidos"*, *"pedófilos"*, *"cânceres"*, *"escroques"*, *"corruptos"*, *"parasitas"*, *"vermes"* – mais ficavam em evidência em detri-

22 Termo cunhado pelo historiador Matias Pinto no podcast *Xadrez Verbal*.

mento de uma ou outra ponderação. As teses mirabolantes e compartilhadas aos montes também tomavam conta do *Whatsapp* e outras redes de mensagens, todas instigando mais certezas do que dúvidas.

Leônidas e outros organizadores dos grêmios estudantis receberam visitinhas não de Gonçalves, mas dos queridos inspetores escolares. Ninguém ficou agarrado, ao menos não oficialmente, mas tiveram a honra de experimentar a novíssima leva de palmatórias adquiridas com dinheiro dos *royalties*. Leônidas garantiu que ainda cheiravam a pomada contra assaduras, o que por si só tornava o fato intolerável.

Apenas exerci a coragem de mostrar uma síntese daquele pesadelo na internet a Atena, como se ela mesma não tivesse acesso em primeira mão ao absurdo, depois de trancar-se num quarto escuro, vítima repentina de uma senhora enxaqueca. Aconchegou-se no sofá de revista de decoração e pediu dengo com o seu braço esquerdo em minhas costas como há muito não fazia. Cheirava a camomila de sua caneca fumegante. Mesmo com seus olhos fundos e rosto inchado, mãeínha permanecia a mais bela de todas.

— Está decidido. Quando a poeira baixar, eu peço exoneração do meu cargo. Chega! Não foi para isso que fui nomeada. Dependendo dos seus resultados nos Exames, a gente tenta até uma matrícula em Coimbra, São Paulo, Rio ou mesmo Luanda. Estou cansada de tudo isso. Eles não têm a coragem sequer de me demitirem de uma vez. Ficam nesse vai-não-vai, então farei esse favor a eles.

— Mas e seu sonho? Seu sonho de levar luz às crianças desse país?

— Me dói dizer, mas de que adianta se esse sonho se torna um pesadelo?! – as próximas palavras necessitavam de um pouco de chá – Nunca vou esquecer o dia em que os burocratas da Educação, imbuídos de auras iluministas, me humilharam no movimento grevista dos professores. Jurava que ali seria o ponto de virada para, enfim, o futuro prometido chegar aos nossos irmãos e irmãs. Finalmente um pouco de estabilidade, sem golpes ou guerras, e os socialistas tinham chegado lá. A História ao alcance das mãos para te dar, enfim, um lugar melhor. "PILARESGRADO", assim estampava o jornal Hermes, e era uma delícia assistir o terror no semblante desses comentaristas de frases-feitas.

Ajeitou-se um pouco no sofá, desconfortável com sua postura e palavras.

— Houve melhorias, claro que houve, mas a classe trabalhadora acabou ficando de lado, muitas concessões e tentações com os pecados do sistema. Os colegas de trincheira, das lutas junto aos sindicatos e movimentos de base tornaram-se os engravatados, e então venderam consumo no lugar de emancipação. Meu pecado foi ter escrúpulos. Alinhei com as lideranças e ofereci um acordo bom para todo mundo... e responderam com corte de gastos. Nem o papel sulfite foi poupado. Me mandaram para Praia das Lágrimas igual uma contrarrevolucionária e suprimiram o movimento com gás de pimenta e bombas de efeito moral. Até Ares sofreu na pele naqueles dias. Depois de muito tempo, o Ministro acendeu esse fogo adormecido em meu coração, mas agora eu vejo. Nada como uma raiva adormecida para incendiar um país. Tenho orgulho do que fiz no meu trabalho, da minha trajetória, agora temos isso! "**Questões de segurança nacional**"! "**Comprometimento da ordem pública**"! "**Ter-ro-ris-mo**"! Essas foram as palavras do capitão. Nem sei como meu irmão está ou onde ele está, se precisa de ajuda de sua caçula. Saudade daquele meu baixinho revolucionário...

— Podemos voltar para Praia das Lágrimas. É um fim de mundo? Até é, mas é o nosso fim de mundo. Tio Ares é esperto, deve ter farejado o problema muito antes de tudo isso ficar claro.

— O nosso fim de mundo... – a voz de Atena enternecia com o cafuné em seus cabelos que se mantinham destemidos diante aquele dia.

Colocamos em qualquer besteira na televisão com a única pretensão de desligarmos os cérebros ao menos por alguns instantes, mas há dias em que todo instante é sequestrado pela realidade que se impõe. Nem cinco minutos de programação e caímos no pronunciamento oficial da Excelência Sereníssima da República, o Duque Sebastião, em todos os canais. Dessa vez estava com uma camisa polo preta mais justa ao corpo e, igual aos garotos púberes nas filas das matinês, acabara de sair de uma sessão patética de flexões com braços um pouco mais inchados e veias à mostra. Foi possível reparar numa bandeira nacional com a Cruz de Cristo nítida e vermelha como nunca e um sabre emoldurado na parede ao fundo. "O mesmo ou uma cópia muito fiel da espada ofertada como sinal de rendição dos franceses após o fracasso do cerco de Pilares", mal compreendi as palavras de Atena:

*Deus, pátria e tradição. Hoje foi um dia que ficará marcado na história gloriosa das Ilhas Afortunadas. Nossos inimigos, aqueles que desejam corromper a juventude e tramam o fracasso desse grande país, sentiram a mão firme da Justiça e o peso da espada em suas cabeças.*

*Após meses de investigações sérias dos melhores profissionais do Departamento de Assuntos Internos, dei pessoalmente a ordem para que a Operação Leviatã fosse deflagrada diante da iminência de um golpe real e certeiro contra a ordem pública nacional e os valores dos cidadãos trabalhadores.*

*Infiltrados em todas os setores estratégicos, da educação à cultura, da segurança pública à Assembleia da República, nós impedimos o maior ataque contra a liberdade, a união de todos os afortunados e o bem-comum do povo em muitos anos. Aos covardes degenerados que fogem de suas responsabilidades, eu deixo apenas um recado: não importa onde estejam escondidos, do buraco mais escuro ao exterior, saibam de uma vez por todas que seremos implacáveis! Eu garanto!*

Os aplausos, gritos e batucadas dos inocentes do Jardim Glaziou estremeciam as janelas do apartamento funcional, em sua maioria de homens héteros excitados com a virilidade do líder supremo de suas vidas.

— Talvez a maior qualidade do Duque, e agora isso fica perfeitamente claro, é esse temor reverencial que ele é capaz de cultivar nos corações das pessoas, não importa o grau de erudição ou a classe social, e eu sou a prova viva disso. Pelo menos agora o pior já passou e em breve estaremos livres deles. Dou a minha palavra.

*Sacrifícios serão necessários de todas as partes, sem distinções, mas estamos diante de uma oportunidade única para enfim moldarmos o nosso país, extirpada a praga comunista pela raiz. Enfim a Glória que o povo batalhador desse país merece! A arte afortunana da próxima década será heroica e imperativa, a educação será objetiva e livre de sentimentalismo, e, antes de tudo, será nacional e grandiosa. Afortunados em primeiro lugar, sempre! Com a benção de Jesus Cristo, o futuro nos pertence! Avante, Ilhas Afortunadas!*

O discurso prolongava-se diante do prazer de falar para o país inteiro, e as notificações multiplicavam-se na tela do celular. Muito ufanismo de um lado, algum deboche do outro, e uma quantidade irritante de mensagens de Leônidas. "VC PRECISA LER ISSO. AGORA. AGORAAAA". Uma seguida da outra, sempre acompanhadas de um *link* do jornal Público de Portugal. A taquicardia atacou ao ler a assinatura da reportagem "em colaboração com Ares Nanisca da Silva, jornalista local" e a matéria que se seguiu. Depois de ler e reler o material e todas as suas implicações, mostrei a resposta da charada para Atena.

— Bom, isso daí é definitivamente pior – e deixou o restante do chá de camomila se espatifar no chão com a sua caneca preferida do Museu de Belas Artes de Pilares.

# 10.

— E aí? O que faremos sobre isso além de bater boca?

Dona Cibele, a nova guardiã do sebo com o término da devassa policial, assumia as rédeas das discussões cada vez mais improdutivas no que sobrou do insalubre estoque de Tayeb, todos acotovelados e jogando as responsabilidades uns sobre os outros. Nunca desejara o protagonismo ali naquela que era a sua segunda casa, apenas "vender mais sorvete e aprender sobre a vida em igual proporção", mas se não ela, quem mais poderia mobilizar aquela gente tão machucada? Recebeu das mãos do capitão Macedo o desdém das autoridades minúsculas – *apenas a título de sugestão: um estacionamento, ou melhor, um edifício-garagem aqui seria mais útil, mas faça o que achar melhor desse pardieiro* – e as chaves do lugar na ausência de filhos ou parentes próximos. Seria essa a missão de sua vida? Consultou-se a sós com o seu pastor da Igreja do Senhor Jesus Cristo Afortunado, umas das várias denominações evangélicas que surgem todos os dias nas Ilhas Afortunadas de uns tempos pra cá, sobre o que isso significava. Ao contrário das mais vocais a favor do Duque e seus cultos a favor da morte e guerra, a congregação de Cibele, taxada de herética pelos mais verborrágicos, seguia uma linha mais tradicional... voltada às lições do próprio Cristo. "Essa é a vontade de Deus", respondeu o pastor sem hesitar, e assentiu quanto ao seu propósito.

Em pouco tempo, até para a nossa surpresa, Cibele conseguiu chamar uma quantidade razoável de pessoas, acima dos últimos encontros dos tempos de Mirian. Para fins de registro e possíveis interrogatórios, todos estava ali para "acertar as contas" com a livraria. Membros restantes do clube de leitura, entre eles Maycon e Maria Letícia, taxistas e comerciantes diversos do Largo da Gambiarra, alguns pescadores da baía de Santo Antônio – entre eles Seu Paulo, marido de Maria Letícia, em sua primeira vez em uma livraria e claramente incomodado com tantos livros, papéis, palavras, canetas e se perguntando se não seria melhor e mais fresco, sei lá, uma reunião na sorveteria. Leônidas e outros três membros dos grêmios estudantis também faziam-se presentes, assim como uns proletários parrudos do porto e da pequena indústria - responsáveis pela garantia que o lugar não tinha escutas da polícia - *experiência no ramo subversivo, minha Dona* - e um único membro do Diretório Central dos Estudantes da Universidade Autônoma de Pilares, solitário depois da prisão súbita de toda a diretoria.

Os não brancos eram a maioria absoluta, uma verdadeira Assembleia da República formada por aqueles que ergueram os pilares das Ilhas Afortunadas. Mestiços, companheiros pretos da diáspora, cruímas, imigrantes, representantes das comunidades judaicas e árabes históricas... e até alguns brancos! Antes vozes abafadas pelo isolamento e agora juntas no único lugar possível. Todos ali impactados, de uma forma ou de outra, com os desdobramentos da Leviatã, os avanços do governo e das reportagens em sequência em Portugal, e não era por menos.

Foram ao todo três matérias, todas publicadas em dias seguidos e manchetes na capa principal, replicadas pela BBC e outras agências internacionais. Os textos tiveram como base o material encaminhado por Ares e recebidos com exclusividade pelo jornal *Público* em decorrência de vazamentos provocados por uma fonte anônima da embaixada portuguesa nas Ilhas Afortunadas. Os esforços e dedicação de Atena estavam ali, linha por linha, parágrafo por parágrafo, as atas de reuniões que seguiam noites adentro, a luta por parte dos recursos dos *royalties* de mineração em meio à burocracia e a cobiça alheia, os projetos rejeitados e aprovados, tudo redigido em minúcias e da forma mais clara possível.

*"As Entidades de Desenvolvimento Educacional da Nação – ÉDENs - serão a espinha dorsal de um novo país, a iniciar nas Ilhas do Sul entre as comunidades cruímas tradicionais. O presente projeto tem potencial de mudar para sempre a forma como as Ilhas Afortunadas serão vistas na comunidade internacional, e não deve ser desperdiçado"*, dizia um trecho assinado pela própria Atena. Não ganhou os louros previstos, mas a imortalidade desejada de qualquer forma.

*Concebidas no papel como 'centros modernos de cultura, lazer, educação e assistência' por Atena Nanisca da Silva, burocrata do alto-escalão do governo e símbolo de novos tempos na publicidade estatal, as ÉDENs são símbolos do inferno em que vivem os membros da etnia cruíma nas áreas ricas em lítio no sul das Ilhas Afortunadas. Administradas pelas Forças Armadas, assim como toda a região das Ilhas do Sul com o fim da autonomia concedida às populações originais, estas são definidas como 'unidades de reeducação' nas palavras do próprio Chefe do Estado-Maior em documentos sigilosos.*

*Se a proposta indica uma mudança positiva na vida de pessoas humildes, na prática a iniciativa não passa de um grande eufemismo para o que de fato é: a instituição de campos de concentração para desafetos, minorias e excluídos do prometido futuro glorioso do país atlântico. Para especialistas contatados pela reportagem, é possível afirmar, inclusive, que há um processo sofisticado não só de repressão social, mas de limpeza étnica em curso, enquanto as potências bancam as operações e disputam por cada metro cúbico extraído.*

As fotografias nitidamente foram tiradas por Ares, e os filtros levemente prejudicados pela ausência de manutenção e peças de reposição – "até as lentes são comunistas" – não deixavam mentir. Meu tio esteve lá, tanto em terra quanto no mar, registrando tudo o que seus parcos recursos conseguiam, ajudado por ilustres desconhecidos e adversários silentes frente a soldados e agentes esquisitos fortemente armados, todos em uniformes fora dos padrões do Exército e feições que contrastavam com o ambiente tropical. Não à toa que Ares ganhara tantos prêmios jornalísticos e o Duque detinha um temor insuperável de suas capacidades e artimanhas. As expulsões forçadas e prisões arbitrárias, a devastação ambiental em busca de jazidas, a lei marcial em voga na região, jamais pensaríamos que a língua portuguesa seria capaz de descrever tamanho pesadelo.

A entrevista com Benedita, uma das muitas mantidas em sigilo e o que explica o nome na mente de Ares, causou-me especial agonia. Uma legenda abaixo de uma fotografia retratando um vilarejo em Algarve Novo, a porta de entrada às Ilhas do Sul. *"A colonização não é um tema do passado. É uma questão do presente"*, enquanto um corpo de um jovem cruíma jazia no lamaçal, um dia floresta sobrevivente da voracidade dos portugueses, aos olhares indiferentes de soldados e passantes.

— Cheguei a visitar essa unidade logo antes de ser inaugurada. Estava novinha em folha, com lousas ainda sem riscas de giz, campos de futebol e uma biblioteca ansiosa por livros. Pensamos em nomeá-la em homenagem aos grandes precursores dos programas de alfabetização nas áreas rurais e inclusão das comunidades cruímas. Que tragédia, meu Deus. O que nós fizemos? – Atena repetia incrédula.

Apesar das graves e perturbadoras acusações, o governo de Duque Sebastião permanecia, ao menos ao público, inabalável. A imprensa mal pincelava o assunto, sempre enfatizando os feitos da "bem-sucedida primeira fase" da operação e novo projeto de lei contra agentes estrangeiros voltada a "proteger o povo e o Estado das maquinações de espiões e sabotadores do exterior". Os poucos jornalistas que o faziam por conta e risco utilizavam-se da ironia e do sarcasmo em suas colocações, tecnologias muito avançadas para os aduladores médios de plantão. Salvos da guilhotina por conta da interpretação de texto, o problema mais crônico das Ilhas Afortunadas. Ares, cujo paradeiro foi classificado nas reportagens como desconhecido, foi alçado à "inimigo público número 01" pelo Departamento de Assuntos Internos e Ordem Social, um feito e tanto que o orgulharia tremendamente, ainda mais em decorrência de seu próprio trabalho. "Se algum dia esses caras gostarem de mim, pode ter certeza que há algo errado", tio Ares sempre comentava no término de alguma apuração no auge da revista Dínamo.

Houve apenas algum ruído além-mar pelo o que se pôde acompanhar das redes, mas também nada muito substancial. Os governos de Angola, Cabo Verde e São Tomé e Príncipe chamaram os seus embaixadores de volta em decorrência dos relatos de prisões e envio de pescadores em águas supostamente internacionais aos campos de concentração. "Uma clara e hedionda provocação, mais uma, de um governo hostil à nossa própria existência e à povos que, apesar de esforços escusos, permanecem irmãos", asseverou a nota conjunta. A resposta do Excelentíssimo Chanceler da Gloriosa República não foi tão elegante ao taxá-los como "um bando de histéricos". Brasil, Portugal, a União Europeia, as grandes potências, todos registraram as suas "preocupações" em notas-de-não-tanto-repúdio-assim enquanto novos lotes de exploração de minérios surgiam no horizonte. A China, o espantalho na retórica do Duque, prometeu dar atenção ao caso no Conselho de Segurança das Nações Unidas por meio de mais uma alfinetada diplomática, mas sem pressa. Um relatório robusto seria apresentado pelas unidades de inteligência dos membros permanentes assim que resolvidas as crises em Gaza, Ucrânia,

Nagorno-Karabakh, Sudão, Síria, República Democrática do Congo, Iêmen, Etiópia, Myanmar, Haiti, etc.

— Até aquele arrombado do Palhares, demitido do Departamento de Educação por desviar ouro, OURO, do país está envolvido nessa sacanagem! Virou – e engrossava a bela voz que a puberdade lhe deu - "Diretor Sênior da Companhia de Desenvolvimento de Algarve Novo e Ilhas do Sul". Incrível como eles sempre caem pra cima. Deve ser a gravidade daqui – a maior qualidade de Leônidas é a precisão de suas palavras, para surpresa dos demais com a defesa de todas as camadas do belíssimo idioma de Camões.

— Gravidade esta que, por outro lado, afeta outras pessoas de uma forma mais poderosa, né. Uma força bem curiosa. É o deputado Asdrúbal que cai da sacada do seu apartamento no meio da operação policial, um avião de pequeno porte com o Ministro Nunes Leal e sua equipe de desafetos que desaba logo após a decolagem. Meras coincidências como vocês podem ver. Só os nossos amigos estivadores que parecem bem confortáveis em terra firme... - Maria Letícia ganhou um pequeno, mas visível, beliscão de Seu Paulo em consequência a sua fala.

Um operário, em simbiose com a graxa nos pelos dos braços e na careca, ameaçou um movimento mais brusco, mas apenas cuspiu no chão e ajeitou a postura na cadeira, a linguagem universal de insatisfação do homem-médio.

— É porque enquanto vocês brincam de faz-de-conta aqui e os amunhecados da Assembleia arrotam palavras difíceis, nós não deixamos a guarda baixa, Dona. Ninguém se mete com a gente, não – e fazia um gesto inqualificável com os braços.

— Uma pena que é aqui, nos fundos desse castelo encantado e não nos sindicatos de pelegos, que conseguimos nos reunir – retrucou Maria Letícia com o apoio, um tanto acanhado, de Maycon e Seu Paulo.

— Uma pena mesmo. Enquanto discutem quem salvará quem, o meu povo é submetido aos horrores do ÉDEN. Quanta ironia... e pensar que só não estou lá com os meus irmãos e irmãs porque, seduzido pelo Progresso, anos atrás saí do Sul e tive a infelicidade de conseguir um trabalho miserável como autônomo no Centro. Hoje a inflação, criação do homem branco para vender minério, devora os meus pães, e me sinto um traidor dos cruímas – o companheiro não quis se identificar, mas o seu ponto foi suficiente para um cessar-fogo temporário.

Uma tensão crescente achatava aquelas paredes com os egos doloridos de alguns e a completa falta de afinidade entre os presentes. Diferenças que se sobrepunham às semelhanças, condição ao qual apenas um vencedor seria possível: o próprio Duque. Parecia tudo em vão, uma história da carochinha sobre a união dos povos e outros contos de fadas, até uma nova presença no recinto.

— É uma força que se apresenta como onipotente, que tudo ao seu alcance lhe pertence, coisas, pessoas, ideias, como se esse poder fosse concedido pela natureza, por Deus, ou o que vocês queiram acreditar, mas não é. Seduz os incautos com migalhas de poder e afeto, colecionando um por um até usurpar tudo, as nossas famílias, os nossos amigos, os nossos vizinhos, os nossos amores... somente para os descartarem. Eles levaram a minha Mirian embora, eu tenho convicção disso, então eu proponho que a gente largue essa vaidade tacanha e revide.

Isaac chegara mais tarde e ficou encostado na porta aos fundos do grupo principal, absorto em suas ideias e nas sombras de seus pensamentos. "Nunca mais, nunca mais", devia ecoar sem piedade. Pelo cheiro, louco para tragar um cigarro atrás do outro até o fim dos tempos enquanto Mirian não retornasse, mas sua entrada apoteótica no debate foi a fagulha necessária para que a conversa ganhasse contornos mais práticos.

— Eles se levam muito a sério nesse delírio de grandeza, mas sangram como qualquer um, sentem dor como qualquer um, sentem medo como qualquer um, são ridículos como qualquer um. Uma mera risada em direção a esse tipo de gente já provoca um terror inimaginável nas mentes desses desgraçados, um terror ao se mostraram humanos iguais a todos os outros, finitos e irrelevantes. Que a gente inflija esse tipo de terror no Duque e seus mercadores da morte. Do jeito que Mirian, tio Ares, Harare e todos os outros gostariam que fosse – bradei num impulso de coragem.

— Disse o filho da rapariga que planejou esse inferno. Palavras bonitas não derrubarão esses canalhas do governo ou mesmo os muros dessas prisões que acorrentam nossos irmãos e irmãs – disse outro dos proletários que usava uma camisa do Espártaco manchada de suor como uniforme.

— Não só Aquiles não tem culpa nenhuma nisso como esse tipo de discussão não leva a lugar algum. O jabuti não subiu na árvore sozinho. Todo mundo aqui, de um jeito ou de outro, ajudou a colocar o jabuti lá e sabemos disso. Fizemos concessões, normalizamos absurdos. Sabemos tanto disso que apenas quando o calo apertou nos nossos próprios pés que resolvemos agir – Dona Cibele já estava cansada de tudo isso, ainda mais sem o auxílio do sorvete de outrora, esquecido no freezer com tanta coisa em sua cabeça - Eles querem, a todo o momento, tomar o controle da narrativa, então devemos mostrar aos demais que, no fundo, eles não controlam absolutamente nada. Nós concordamos com isso, não? Temos que mostrar nossa insatisfação! Temos que escancarar que a mão está apertando cada vez mais e não há escapatória para ninguém.

— Você subestima o poder da palavra, meu caro – rebateu Maria Letícia olhando diretamente para o armário de camisa do Espártaco e causando desespero em Seu Paulo - Foi a arte que Cruím, como reza a lenda, que salvou a humanidade da fúria dos deuses, não a brutalidade, e foi a palavra que nos juntou aqui. Todos, de certo modo, frequentadores da livraria, amigos de Tayeb, Harare e Mirian. Da elite aos pescadores, o Quebra-Galho sempre foi o ponto de encontro de todos os amantes da liberdade. Podem nos prender, nos açoitar, e até nos queimar junto com esses livros em uma grande fogueira, mas a palavra persistirá. Ela sempre persiste.

Seu Paulo, assim como os demais, era discreto em seu concordar. Movimentava a sua cabeça de cima a baixo enquanto limpava em vão a testa enrugada de suor e preocupações além do sol, do vento, do sal em suas feridas, do aluguel atrasado e da estranha ausência de linguados nessa época do ano.

— Olhem ao nosso redor. Temos gente de todos os grupos aqui. Se cada um mobilizar o seu próprio bando e pensarmos numa data ideal, nós podemos criar as condições de uma tempestade perfeita. Não fizeram a Operação Leviatã? Façamos então a Tempestade de Areia! – concluiu Dona Cibele.

O planejamento para a "Operação Tempestade de Areia" seguiu ao longo do dia, facilitado com o contrabando de mantimentos estratégicos – cerveja e refrigerantes, torresmo, uma sopa de abóbora caprichada na pimenta e um cavaquinho de procedência desconhecida – para dentro do sebo. Uma cortesia da audácia do colega universitário junto com a sagacidade dos comerciantes do Largo da Gambiarra, impactados com a ausência de clientes desde a operação.

O plano-geral foi definido entre os presentes após (vários) goles, alguns desatinos, histórias de pescadores sempre iniciadas por Seu Paulo - agora mais à vontade para expressar as suas aventuras não menos literárias - e declamação de poesia – sempre há tempo para poesia. Maria Letícia, com uma bela interpretação de Angélica Freitas[23], quebrou o gelo:

*prezadas senhoras, prezados senhores,*
*excelentíssimo ministro, querida rainha da festa da uva,*
*amigos ouvintes, brasileiros e brasileiras:*
*apresento-lhes*
*o útero errante*
*o único*
*testado*
*aprovado*
*que não vai enganchar*

23 Trecho de *Um útero é do tamanho de um punho* da brasileira Angélica Freitas. Cosac Naify, 2012.

*nas escadas rolantes*
*nem nas esteiras*
*dos aeroportos*
*o único*
*com passe livre nos estados schengen*

Acho que os homens não entenderam o trecho, escolhido em homenagem aos brutamontes do porto e ao recital de poesia ao qual se apresentou aos demais colegas de clube de leitura. Além da comida e bebida, os bons momentos do clube foram compartilhados com os demais, ávidos por lembranças ternas em tempos tão ásperos. A gata encrenqueira de Tayeb, uma linda persa chamada Sherazade, que causava pânico em Maycon e trocava o seu mestre pelos colos de Mirian. O aniversário de Ares com direito a um bolo comunista e um princípio de incêndio depois de algumas cervejas a mais. A cara de nojo de uma professora da Universidade Autônoma ao se deparar com o baixo clero no clube sobre *A morte de Ivan Ilitch*[24] e Harare que não conseguia esconder as gargalhadas com tamanha empáfia. Sim, o mesmo povo que produziu Duque também é responsável por essas e outras histórias de alegria e esperança.

No fundo, todos nós estávamos velando da melhor forma possível, ainda que inconscientemente, a livraria - sim, livraria! Tayeb, Mirian, e qualquer leitor que se preze ficaria orgulhoso dessa despedida: sem choro, repleta de memórias e com a combinação perfeita de festa, caos e ideais subversivos.

---

24 Novela do russo Liev Tolstói (1886).

Entre as decisões, definiu-se que nenhuma palavra desse encontro seria transmitida nas redes de comunicação, qualquer que fosse a plataforma utilizada. Apenas um código de fácil compreensão a todos, factível com o cotidiano alucinante de nossos dias. Da mesma forma que o Quebra-Galho foi fechado por tempo indeterminado, medidas foram impostas para que não chamássemos (ainda mais) atenção. Quando a hora chegasse, e ela havia de chegar, a tempestade de areia varreria Duque e seus comparsas das Ilhas Afortunadas.

Eu fiz a minha parte, mesmo com alguma dificuldade diante das artimanhas e precauções impostas. Não foi difícil convencer os notórios conspiradores na Dom Miguel e seus contatos em outras escolas, afinal se mobilizariam com nada além de promessas de "uma boa arruaça contra tudo isso que está aí". Felizmente, também pude compartilhar as ideias com Atena logo nos primeiros dias, livre de seu nada glorioso cargo no Departamento de Educação.

— Apenas questionei na reunião ordinária entre as Diretorias se as reportagens eram verídicas e o Ministro, após me ofender de tudo e qualquer nome, me exonerou imediatamente. Engraçado, não? Se eu soubesse que era assim tão fácil...

# 11.

Em seguida de uma "revisão extensiva, programática e contrarrevolucionária" das questões e problemas deixados pela gestão anterior (leia-se Atena), o Departamento de Educação finalmente (re)agendou os Exames Unificados de Acesso. A data foi escolhida no intuito de proporcionar alegria e satisfação a todos os alunos, pais e responsáveis: 31 de dezembro. Nesse caso, o próprio (des)governo nos auxiliou na arregimentação de mais estudantes e grêmios, das redes públicas e privadas, para a nossa causa. Afinal, um adolescente aborrecido é um adolescente mobilizado.

Houve uma verdadeira guinada na comunicação do governo. Desde a sua exoneração, Atena virou o espantalho perfeito de todos os problemas no Paço dos Arcos, e não precisava sequer fazer algum sentido. O Duque em pessoa deu o aval, portanto se uma resma de papel caísse da janela da sede do Departamento, a culpa seria invariavelmente da "irmã do Inimigo Público número um". O regime usou a imagem de Atena na exata forma de como gostaria que fosse visto, e passou a usá-la da forma que sempre foi. "A culpa é de Atena", ouvia-se das feiras populares às paradas dos ônibus urbanos.

Esse também foi o caminho da "reforma administrativa" voltada ao combate de *infiltrados* na própria hierarquia da gestão. Um presente da nova administração no Departamento de Educação encabeçada pela beatíssima subsecretária Maria das Dores, a própria, e do vampiríssimo Ministro Luís de Hindemburgo. Pobre Ministro Pedro da grande família Lins de Cavalcanti, carta fora do baralho. Retornara à Assembleia da República após um convite singelo não para se retirar do governo, isso não, mas com o objetivo de "destravar pautas importantes" junto à coalização com o Partido do Centro Democrático. Não durou muito. Infelizmente, por conta de "cortes de custos" não teve direito à escolta fornecida pelo serviço inteligência e caiu da escada em mais um desses acidentes domésticos sem grandes explicações que acontecem de tempos e tempos.

Atena tampouco conseguiu espaço entre os críticos do Duque, taxada de "fascista", "traidora" e outros termos impublicáveis entre colegas de profissão e partidários sobreviventes da oposição. Não que esperasse uma recepção calorosa dos antigos amigos. Planejava o passo seguinte da sua vida em minúcias em face deste fracasso retumbante e envolver-se, ao menos diretamente, com essas pessoas colocaria tudo a perder.

Ainda detinha o cargo de professora na rede de ensino, mas de forma precária. Sem a estabilidade em decorrência da nova lei que ajudara a criar, a "licença especial" em seu registro de trabalho - uma mera ficção antes da demissão de fato - não teria vida longa, mas não se preocupava. No fundo, apenas desejava que nós fôssemos embora para o mais longe possível das Ilhas Afortunadas. Antes deixamos a residência oficial e suas perigosas janelas e escadas e seguimos à casa de tio Ares com autorização da polícia. A beata com certeza fez algum ritual de exorcismo naquele apartamento ao receber as chaves do Drácula em pessoa, e esse pensamento ainda me alegra.

Anotações daqui, telefonemas e mensagens dali. Atena conseguira contatos importantes – tudo dentro da mais rígida transparência republicana, claro – com alguns cursos no exterior, especialmente no Rio de Janeiro. Dependendo do meu desempenho nos Exames, quem sabe poderia acionar algum convênio do Departamento de Educação ou da Universidade Autônoma de Pilares para o nosso próprio proveito. Duvidava, e muito, que criariam algum empecilho em nos mandar para o mais longe possível de suas vidinhas, desde que cumpríssemos com o nosso pequeno acordo.

Não garantia exatamente notas à altura do desafio, mas dar "um pouco mais de dignidade nesse mafuá adolescente que nascia sem rumo", nas palavras de Atena, era uma missão um pouco mais fácil. Tudo voltado às boas impressões nas fotos oficiais de documentos e no registro dos Exames, nas entrevistas engatilhadas com os portadores das canetas e nos demais processos burocráticos em andamento. Assim, eu tinha uma justificativa factível para frequentar dia-após-dia a barbearia de Maycon no Largo da Gambiarra, uma central improvisada de informações sobre os movimentos no tabuleiro entre o governo e o nosso pequeno bando. O objetivo de manter Helena impressionada com a minha aparência, esse pequeno detalhe técnico, também entrava na equação.

Sentia-me em casa naquele canto que mantinha as lembranças de Ares, o único em que confiava a sua famosa juba.

O retrato oficial do Duque pregado entre capas de quadrinhos clássicos do Super-Homem e musas de Hollywood em fotos sensuais, contudo, seguia como uma lembrança insuperável. "Presente da Associação de Comércio e Indústria de Pilares. Não mandaram colocar na parede, mas sempre é bom evitar qualquer tipo de desentendimento", justificou Maycon em um tom quase imperceptível antes de qualquer pergunta a respeito.

— Sente-se, Mestre Aquiles! Sente-se. Você ainda não tem idade para cerveja, então que tal um café? Por conta da casa como deve ser – perguntou enquanto afiava a navalha – Serviço completo hoje?

— Completíssimo! Café cowboy, por favor – no centro universal da masculinidade, eu gostava de falar nesse dialeto particular.

O nome "A Barbearia" fazia valer o seu título nada modesto. Uma chopeira recém-instalada do lado de uma máquina de café e uma televisão sem som no canto esquerdo passando a reprise de Flamengo contra Palmeiras pelo campeonato brasileiro[25], tudo para atrair a clientela. Cabelos mal varridos entre as quatro cadeiras reclináveis pretas com detalhes em botonê, quadros com carros e motocicletas que nunca pilotariam, e um ventilador moribundo, um ar de hospitalidade masculina.

— Sabe, uma vez um turco perdido por Pilares, eu acho que tinha algum negócio na cidade, resolveu arrumar a sua barba de Paxá comigo e quase me agrediu quando perguntei se queria açúcar. "Uma ofensa ao café!", ele disse,

25 Flamengo 3x0 Palmeiras – 33ª rodada do campeonato brasileiro – 08/11/2023.

ou acho que ele disse. Café é coisa séria para eles. Quase arrumei um, como falam, "um incidente diplomático". Se não fosse o Mohamed ali, que arranha um inglês e fala um pouco de árabe, sei lá viu. Só ainda está apanhando no português – Maycon servia o café expresso numa xícara indigna de nota.

— Café definitivamente é coisa séria. Sem café não há trabalho possível. Ainda bem que Mohamed aqui é um homem culto. Tem tudo para ser Doutor – disse um homem branco quase como o creme de barbear que cobria o formato de sua barba e de avental que percorria cada centímetro de sua camisa social celeste feita sob medida.

Mohamed, promovido em definitivo a barbeiro-pleno e responsável pela alcunha de Juba a Ares, cuidava da barba do digníssimo cliente com a mesma dedicação de Michelangelo enquanto esculpia a *Pietà*.

— Mohamed é uma pessoa diferenciada, sem dúvidas quanto a isso – Maycon falava e tesourava com a mesma facilidade - Fez de tudo um pouco nessa vida. Nasceu na Somália, plantou chá no Quênia, jogou bola no Sudão, fez até gol no Wydad de Casablanca numa Liga dos Campeões da África. Foi enganado por um estelionatário prometendo um contrato gordo no Al-Shabab de Pilares e agora é barbeiro nas Ilhas Afortunadas. Você não gosta de escrever, Aquiles? Bem que poderia escrever um livro sobre o Mohamed. Com certeza é mais interessante que a minha vida inteira como barbeiro desde os catorze anos. De pai para filho, uma vida como barbeiro.

— Contrato gordo no Al-Shabab, essa é boa – o homem de camisa branca ria para aflição de Mohamed, que só queria terminar aquele serviço o quanto antes. Pelo canto do olho, eu reparei no broche da Cruz de Cristo, brilhante como um rubi, no paletó grafite que repousava na arara perto da bancada – Se é assim tão bom, você tinha que jogar no Real Ginástico Luso, isso sim. Melhor, para que os cavalheiros aqui não falem pelas minhas costas, tinha que jogar no CEFA, isso sim. Camisa nove dos Cadetes na próxima temporada, que tal?

Já que Mohamed não podia mandar aquele homem calar a boca, apenas sorria torto e concordava com a cabeça enquanto os demais barbeiros, tão antigos quanto a mais resiliente das mafumeiras nas Ilhas, assistiam ao jogo na televisão entre um corte e outro.

— Joga muito esse tal de Arrascaeta. Meu Deus do céu. Nem sempre o que está na Europa é melhor. Azar deles. Uma pena que estava lesionado na inauguração do Estádio Nacional. Se esse Flamengo jogou assim sem ele, eu teria até pena do pobre Espártaco com ele em campo. Aquele dia foi bom. Até a próxima Copa do Mundo, nós trazemos a seleção brasileira – garantiu o homem.

— Acha que o CEFA fazia frente ao Flamengo? – perguntou Maycon enquanto trancava a porta da barbearia para ter um pouco de privacidade.

— Bom, fazer frente assim é dose, mas tinha jogo. Bateria de frente com os brazucas, ainda mais com o nosso amigo Águia no auge da força, metendo gol toda hora. Agora eu não sei mais. Não está na mesma forma. Inclusive, eu fiquei sabendo em primeira mão que o Águia ficará fora do próximo domingo, talvez do resto da temporada. Ainda não foi divulgado, sabe como é. Sem o Águia a... defesa fica desguarnecida, mas dizem que vai operar o quadril em Lisboa e só volta no ano que vem. A informação é quente.

— Ano que vem só? Que pena. Vai perder o confronto decisivo da temporada. Justo agora que as coisas pareciam estar definidas. Um baque e tanto no líder do campeonato – Maycon precisou pegar uma tulipa de chope bem gelado. Serviu a si mesmo e ofereceu ao nobre cavalheiro, que recusou gentilmente por estar no intervalo do trabalho.

— Interessante esse final de ano. Tanto aqui quanto lá – Maycon apontava a televisão com alguma teatralidade - As coisas pareciam definidas quinze, vinte dias atrás, mas estão abertas. Vejamos os próximos capítulos.

— Acha que o Flamengo bate campeão? Ainda está atrás dos outros rivais na tabela. O jogo de domingo no Maracanã também é decisivo. Não pode mais vacilar – perguntou o dignitário já com a barba de galã de novela brasileira.

— Se bate campeão, eu não sei. O que eu sei é que Arrascaeta jogará no domingo, Gabigol é capaz de virar qualquer confronto, aí tudo pode acontecer. Eu aprendi uma coisa com os brasileiros: torcer para o Flamengo é sempre ter a esperança ao seu lado. Me lembra muito o pessoal do Espártaco. Veja só. Os Cadetes estavam com a mão no título, aí vem uma crise aqui, um problema lá. No esporte ou na vida, eu prefiro seguir esse ensinamento. Fica mais fácil de suportar os dias – Maycon categórico como poucas vezes o vi.

— Nós todos, meu caro. Nós todos – concluiu enquanto concluía o nó na gravata.

Destrancada a porta, o cavalheiro de camisa celeste arrumou a camisa e o broche, vestiu o paletó, cumprimentou a todos, incluindo-me, e seguiu o seu caminho com o deleite de pagar pelos serviços prestados em dinheiro vivo. Após a bela gorjeta em notas euros recém-saídas da prensa e um cartão, o quem-sabe futuro artilheiro Mohamed varria o salão enquanto cantarolava algo indecifrável-porém-bonito, satisfeito com o reconhecimento da sua arte pelo público e pela crítica.

Enquanto isso, Maycon, consciente que cada homem ou menino deve estar arrumado para o seu encontro com a Fortuna uma vez lançada sobre os mortais, finalizara o meu corte nos mínimos detalhes. No meu íntimo, eu queria um corte ao estilo Pantera Negra, o super-herói favorito da molecada preta das Ilhas Afortunadas, e recebi qualquer coisa parecida com os panteras negras americanos[26]. Nada mal.

— Ansioso para domingo, mestre Aquiles? – perguntou Maycon um pouco esbaforido pelo clima abafado, a ansiedade diante do sentido real de tudo aquilo e do maldito ventilador que não dava vazão nesse calor desgraçado.

— Será divertido, Doutor Maycon. Afinal, o que pode dar errado? – a petulância da resposta não acompanhou o tom da minha própria voz - Ainda digerindo isso. Não sei o que é pior: a ansiedade para a prova ou o que vem por aí no domingo.

— Seu tio gostava muito, ele **gosta** muito, daquele cara de Senhor dos Anéis[27], e uma vez ele me disse que cabe a nós decidirmos o que fazer com o tempo que nos é dado,

---

26 Confusão entre o herói homônimo da Marvel, interpretado pelo ator Chadwick Boseman no cinema, e o movimento dos Panteras Negras nos EUA, organização política voltada contra a opressão da população negra nos anos 1960 a 1980.

27 J. R. R. Tolkien (1892 – 1973). Adaptação de trecho do livro O *Senhor dos Anéis* (1954).

especialmente nos mais difíceis. Nunca li o livro, para falar a verdade eu acho que li apenas metade dos livros do Clube, mas nessa hora nos apegamos a essas coisas.

Seguia em direção à saída depois de um gole faroeste do restante da segunda xícara de café e um abraço forte em Maycon quando o barbeiro ancestral daquele lugar me pegou pelo braço.

— Já correu de polícia, meu rapaz? – questionou o senhor com a sua voz de fumante-que-pode-parar-a-qualquer-momento. Era uma figura bem peculiar, ávido em ajeitar os incontáveis, quiçá milhares, de papéis de bloquinhos em seu bolso abarrotado na camisa manchada e desabotoada até o umbigo.

— Só de Atena e seu chinelo – a petulância estava afiada como as navalhas d'A Barbearia.

— Ótimo! Meio caminho andado. Te dou a mesma dica que dei ao seu tio quando ele começou a apanhar dos milicianos. Gás lacrimogênio se acumula no chão, então não fique sentado ou deitado no chão se der merda. Não fique parado senão será bucha de canhão, e leve um lenço embebido em água ou soro fisiológico. E porrada na costela dói pra cacete. Ouviu? Experiência dos tempos do Generalíssimo João Ribeiro e seus capangas, meu rapaz.

Durante a noite, cada grupo já tinha recebido à sua maneira que "o Águia não joga no domingo". Era impossível voltar atrás com esse encadeamento de fatos e circunstâncias. A Fortuna tomara para si o timão de nossos destinos.

# 12.

“Quando chegar o grande dia, tudo parecerá diferente. O azul do céu, o peso do ar, o calor do sol, as ondas do mar. A borboleta que voa estará mais nítida, o vento acariciará o seu rosto, o barulho ao redor cessará apenas para as vozes de sua mente e de Deus, seu maior confidente, e tu terás uma certeza: sim, hoje é o grande dia, e farei desse dia grande”. As palavras de Mirian em uma de suas últimas aulas na Dom Miguel sobre os Exames ecoaram por toda a madrugada antes de domingo, o primeiro dos últimos dias de Duque no poder.

Foram poucos dias entre o sinal verde e a manifestação planejada para aquele final de semana, mas suficientes para os últimos preparativos entre todos os grupos. Ao contrário do governo, não deixamos – tudo – para a última hora. Estivadores, lideranças comunitárias, alunos, comerciantes, todos confirmaram entre mensagens cifradas nas redes – quanto mais absurdas, melhor – e no bom e velho papel de mão em mão, e assim formava-se no horizonte a tempestade de areia. Às 9hs da manhã no Largo da Penitência, em frente à Igreja de Santa Cruz das Almas dos Enforcados. O local de tortura e extermínio de nossos antepassados, os primeiros negros e cruímas escravizados que ousaram se rebelar em face da tirania. O dia D, a hora H.

— Não pode ser sério isso. Você vai para esse protesto com uma camisa do Sankara, é isso? – Atena olhava-me de cima a baixo enquanto flertava com o excesso de um chá de hibisco em sua caneca substituta, uma Minnie Mouse xoxa e sem brilho. Nunca liguei para chá de hibisco na vida, mas a profecia de Mirian se confirmou com aquele perfume.

— Claro! Um homem precisa estar bem vestido para as grandes ocasiões da vida, e não é qualquer *camisa* do Sankara. Esse é o **Manto** que usei na vacinação da covid-19, presente do tio Ares. É especial, oras – essa relação inabalável entre ser e bola.

— Lelê, não é melhor nós dois ficarmos aqui? Assistimos um filme juntos, lemos um livro, faço um espaguete igual dos almoços preguiçosos em Praia das Lágrimas, fazemos nada ou qualquer coisa. Você é menor de idade, não orquestrou nada disso, e...

— Mas é justamente esse o problema, mãe. As pessoas não fazem **nada** há muito tempo! – tomado por uma ansiedade crescente, bati a mão direita na mesa com uma força desnecessária tal qual o meu tom de voz, irradiando dor e arrependimento - Estão entorpecidas, resignadas ou cínicas com o estado das coisas como se fosse um destino inescapável.

— Eu queria ficar muito brava contigo, muito mesmo. Te trancar no seu quarto e só abrir na segunda-feira. Acho desnecessária a sua presença lá. Um menino ficar aí brincando de revolucionário. Um risco desnecessário só pra me matar de preocupação, como se já não tivesse preocupações o suficiente.

— Não temos qualquer pretensão de fazer uma revolução ou algo do tipo, mas de acordar esse povo. Se não fizermos nada agora, se não honrarmos o risco que o tio Ares correu, restará tarde demais. Hoje não podemos ser egoístas!

— Não me chame de egoísta! Não neguei o chamado de mudar esse país quando poderia muito bem ficar dando a minha aulinha e vivendo a minha vidinha na tranquilidade de Praia das Lágrimas com o rabo entre as pernas. Agora aqui estou eu, vítima dessa máquina mercadora de esperanças e alimentada por ressentimentos, ambições e vaidades – Atena agora olhava-me diretamente com os seus olhos reservados às maiores das reprimendas, mas seguia sentada com o chá ao alcance das mãos - A vida é muito mais do que os absolutos propagados por um tempo incapaz de enxergar nuances, tons de cinzas nas escolhas que fazemos ao longo da vida. É mais fácil dividir o mundo entre pessoas boas e más, esclarecidos e manipulados, ou mesmo "adormecidos" aguardando a salvação. Encaixotaram pensamentos para que se contentem com poucos caracteres, dentro e fora das redes sociais, e cada vez mais agressivos em uma vã tentativa de dar assertividade em platitudes. Dane-se o Duque, meu filho! Dane-se ele e essa corja, mas a vida é mais complexa e difícil que esse discurso.

— Pois eu vou encontrar os meus companheiros de luta para lidar com esse monstro que você criou – um passo em falso e a barbárie da guerra aberta entre mãe e filho seria inevitável. Respirei um ar pesado e não segui adiante - Desculpe, mãeínha. Eu acho que você deveria vir junto. Você sabe melhor do que ninguém o que eles são capazes e os artifícios que eles usam para manter o domínio, mas fique à vontade.

Já estava a caminho da porta quando, após suspirar longa e ruidosamente, Atena me abraçou e deu um beijo na minha bochecha esquerda capaz de parar, nem que fosse um momento, a contagem dos minutos.

— Raio desse ímpeto que corre em nossas veias. Não ouse sair dessa casa sem mim.

Na dúvida entre confiar no bom senso do filho e na urgência da juventude, Atena tirou o molho de chaves da porta e trancou-se por alguns minutos em seu antigo quarto. Dali saiu triunfante com a mesma blusa do jogo no Coliseu do Atlântico, um pequeno crucifixo dos tempos de catequese, e uma foto 3x4 de Ares ainda visível no bolso da calça.

— Me promete que você não arrumará confusão? Eu te amo, meu filho – o sal da primeira lágrima ardia em nossos olhos.

— Eu prometo – retribuí o beijo em sua testa como se pedisse proteção, e seguimos para o Largo da Penitência.

Agora eu entendo. Somente agora enquanto escrevo essas palavras em meia-luz, mas no caminho até a praça ainda não estava tão claro. Não há nada nesse mundo que se compara a dizer "Eu também te amo", tanto faz se nítido ou em sussurros, mas desde que falado. Nem mesmo na eternidade tardia da tinta ou no beijo passageiro na testa. Hoje eu entendo.

Quase perdemos a saída da nossa "procissão" no local combinado, momentos antes de seguirmos todos uníssonos na rota pré-estabelecida dentro da livraria. A multidão mais se assemelhava, digamos assim, a um jogo do Sankara que do Espártaco - do Flamengo então nem o cheiro - mas ainda assim números acima dos previstos "300 de Esparta" que comentara com Leônidas na sexta-feira. Tinha de tudo um pouco para incredulidade de Atena e do punhado de cidadãos de bem na missa matutina.

— Um rei espartano asmático e míope vai acabar com a tirania de Duque e seus capangas fascistóides. Eles têm a truculência, mas nós temos o deboche. Hora de sacudir a República! – Leônidas cravou, mesmo incomodado pelo ar denso de fuligem que nos habituamos e se via impregnado nos anjos e gárgulas da paróquia.

— Seus amigos são bem animados, né. Um cadinho peculiares – um crescente de empolgação era nítido em Atena, ainda que em seu íntimo rejeitasse esse delírio revolucionário.

Pescadores, comerciantes e estivadores, sob as notáveis lideranças de Cibele e Maria Letícia, puxavam o grupo em marcha rumo ao Paço dos Duques, a antiga sede administrativa portuguesa e atualmente do próprio governo. Em contraste com o cenário colonial roído pelo tempo, a maioria daqueles que optaram pelo *front* vestiam-se com roupas ricas em cores e formas. Vibrantes e disruptivas, a revolução começaria nos tecidos de brocado, adire, ankara, samakaka, nos turbantes e batas, tranças, cada um trazendo uma história, um significado, um legado. Pertencimento enfim.

Quando saímos da praça, os mais experientes nessa arte de protestos seguiram na frente, desfraldando uma quantidade expressiva de bandeiras de todos os tamanhos e simbolismos. Vermelhas com a foice e o martelo, coloridas do movimento LGBT+, pan-africanas e antirracismo, dos grupos árabes e judaicos uma ao lado da outra, uma versão das Ilhas Afortunadas sem a Cruz de Cristo, das torcidas organizadas de quase todos os clubes da primeira divisão -

não vi, para surpresa de absolutamente ninguém, flâmulas do CEMA ou do Real Ginástico Luso - e as aurinegras e em grená e amarelo-ouro representando as diversas comunidades cruímas resistentes em todo o país.

— Um país tão pequeno, mas tão rico e diverso. Essa é a imagem que precisa ficar. Não há história única, e não me canso de me surpreender – Atena já não escondia o brilho no olhar.

— Seria esse o mais próximo que chegaremos à tal democracia racial? – questionei.

— Não sei, não acredito tanto em mitos, mas não quer dizer que não possamos sonhar. A esperança é a maior subversão de todas – Atena respondeu enquanto segurava firme a minha mão.

Reconheci Mário Akwaba, um dos líderes cruímas mais proeminentes de Praia das Lágrimas, em uma túnica entrelaçando formas geométricas numa dança em tons de índigo e púrpura. As marcas brancas no rosto, igual às que os livros na escola representam Sankara e sua revolta, também estavam presentes. Ele e um grupo bem numeroso seguiam entre as fileiras entoando palavras de ordem em português e no idioma-mãe, assim como Isaac, Maycon e Mohamed de mãos dadas e fotos de Mirian e Ares em camisetas improvisadas. Não eram os únicos vestindo as saudades de familiares e amigos desaparecidos ou presos. Em um canto mais isolado estava Dona Ruth, a viúva de Asdrúbal, em seu manto preto de luto como uma boa católica conservadora mesmo na mais abafada das manhãs, carregando sob os seus ombros o fardo do mundo e o silêncio da penitência.

*Mataram os nossos peixes, agora matam os nossos irmãos!*
*Liberdade para os povos cruímas!*
*Liberdade para os presos políticos!*
*Miséria para muitos, fortuna para poucos!*
*Apartheid nunca mais!*
*Quanto vale cada grama de sangue extraído nas minas do sul?*
*Sem cultura não há liberdade!*

Acredito que Atena tenha recitado essa última.

Já eu, Leônidas e outros alunos do secundário e universitários ficamos no meio para o final da coluna, e Atena seguia conosco por falta de opções. Mais uma micareta do que uma rebelião propriamente dita, o que não deixa de ser subversivo sob qualquer parâmetro. Os colegas da Universidade Autônoma de Pilares, em seguida a uma invasão ao *campus* de madrugada, trouxeram alguns instrumentos dos famosos *Inimigos do Ritmo*, a mais renomada banda dos jogos universitário, e garantiram a trilha sonora do movimento com seus tambores, cimboas, cuícas, tamborins, tabaques, reco-recos e chocalhos sem qualquer harmonia. Servia como anúncio bem ruidoso da nossa passagem pelas ruas da capital. Claro, todos uniformizados em celeste-negro, as cores da UAP.

No que lhe diz respeito, o grupo com os demais estudantes e populares resolveu antecipar um pouco o carnaval e lançaram moda com fantasias espirituosas. As minhas campeãs foram um rapaz paramentado de uma versão brasileira de Capitão América pedindo "intervenção brasileira nas Ilhas", um *Batman* que se arrependia amargamente da roupa de couro que optara para a ocasião, alguns *Smurfs* sabe-se-lá-o-porquê, e uma versão *drag queen* do Duque maravilhosamente espalhafatosa. Uma moça querendo chamar a atenção das autoridades portugueses com um cartaz de cartolina num uso sofrível da segunda pessoa também mereceu destaque, mas quem mereceu a posteridade foi uma senhora septuagenária e uma caligrafia impecável.

*Não acredito que*
*DIABOS*
*eu preciso protestar contra isso*
*DE NOVO!*

Outros tantos estavam mais à paisana com camisetas de algodão ou de times de futebol e de basquete – *Premier League*, NBA e das ligas local e portuguesa eram as mais numerosas. Uniformes do Flamengo, Santos, Vasco da Gama e outros times brasileiros também eram vistos, e um pacato cidadão nitidamente gringo, provavelmente um funcionário de uma das mineradoras em seu dia de folga, com a indumentária completa, dos pés à cabeça, do *Western Sydney Wanderers Football Club*. Helena, que tinha mais o que fazer, não compareceu - uma pena.

Ouso dizer que, além das ofensas de algumas sacadas e chuva de dejetos inqualificáveis, essa festa foi responsável pela espontaneidade com que alguns cidadãos desciam de suas casas, em especial nas partes menos afortunadas no caminho traçado. Além disso, distribuíamos panfletos e anunciávamos em alto e bom tom nos megafones emprestados do Largo da Gambiarra as notícias negligenciadas pela imprensa.

*A rua é nossa! Sebastião e seus lacaios são os que corrompem a sociedade!*
*Amar não é crime! Abaixo as leis intoleráveis!*
*Não é mole não! O futuro que eu quero é o Duque na prisão!*
*Fechem todas as minas e os campos de concentração!*
*As Ilhas não são colônias de férias de poucos e de exploração de muitos!*

Com um grupo tão heterogêneo, algumas rusgas naturalmente surgiam ao longo do caminho. Enquanto passávamos pela embaixada brasileira, houve um princípio de desentendimento entre aqueles que pediam ajuda ao "país irmão" e o culpavam "pelo imperialismo tupiniquim que saqueia as nossas riquezas e cultura". Já perto do Panteão dos Heróis, a desavença quase virou pancadaria quando implicaram com uma bandeira do Partido Comunista com o rosto de Che Guevara. Os caçadores de espantalhos, sempre que podiam, também demonstravam todo o desprezo por Atena e Dona Ruth, as culpadas pelo pecado original. Em que pese o clima esquisito, o grupo seguia firme, relativamente forte e mais numeroso rumo ao seu destino, agora já observado de perto por alguns policiais abnegados.

— Você aí do radinho de pilha – apontei para um homem negro de meia-idade com nariz de palhaço e camisa creme – o que eles estão falando da gente?

— Até agora nada! – gritou de volta - Só umas informações do trânsito e mais nada, mas o CEFA acaba de tomar a virada e está perdendo o campeonato! Hehe o milico vai amarelar!

— Sinal divino que a glória está ao nosso alcance, Aquiles! Não vê? *Hasta la victoria siempre!* – Leônidas estava imparável enquanto o desconforto de Atena crescia.

Tampouco tinha algo substancial nas redes sociais. Nenhum jornal comunicava sobre o protesto, os perfis de governo ignoravam solenemente o assunto com postagens genéricas de campanhas sobre câncer de pele e programas de geração de empregos nas ilhas do sul. Já nos perfis civis e de fofocas, as únicas mensagens que permaneciam por mais tempo – uma grande coincidência diga-se de passagem – eram as hostis para com o movimento, enquanto as demais desintegravam-se com a velocidade de uma atualização nos aplicativos.

Na encruzilhada entre a Avenida da Constituição e a Rua da Misericórdia, contudo, nós reparamos que eles estavam, sim, falando sobre nós. Demorou mais do que o previsto, talvez por uma série de desinteligências sem o comando de Duque, incomunicável em seu centro cirúrgico além-mar, mas um bloqueio de blindados e caveiras com seus escudos e cassetetes estava à nossa espera. Distraído com o barulho ensurdecedor de um helicóptero que sobrevoava a nossa posição, reparei que, do nosso ângulo, era possível avistar tanto o Farol do Departamento de Educação quanto os pilares no Morro da Tentação. Alguns também notaram e registraram, apesar da tensão no ar, fotos, *selfies*, vídeos para o *TikTok* e *Instagram* nunca postados.

— Sem provocações, pessoal! Não vamos cair no papo deles! – parecia Cibele pelo tom de voz, um pouco mais afobada em comparação com o início do movimento.

— Vamos embora, filho. É hora de ir para casa – Atena puxava a manga da minha camisa enquanto processava algum caminho aceitável.

Atiçados pelo sangue fresco em suas miras, os milicianos começaram a bater seus cassetetes ainda tão polidos, quase brilhantes, nos escudos em um ritmo provocador. Mário Akwaba reconheceu a batida, uma imitação barata das músicas de seus ancestrais evocando pela guerra, e respondeu junto aos seus da mesma forma. Que Cruím o perdoasse, mas todos ali estavam preparados para o pior cenário, a luta não por suas vidas, mas para se evitar o fim de toda a humanidade que conheciam, ou que dessem honradamente o último respiro diante do abismo.

Enquanto mais tropas chegavam para reforçar e expandir o bloqueio, os demais líderes discutiam se o melhor era dispersar ou negociar uma mudança na rota, opção um tanto quanto improvável. Outros viam a situação como perfeita para, enfim, dar o troco na polícia, no Estado, no Duque, em todos esses desgraçados que se locupletavam às suas custas, e uma chuva de pedras já desafiava os capacetes das buchas de canhão. Fogos de artifício agrediam os nossos ouvidos, e a dúvida se aquilo realmente foi uma boa ideia exalava em nossos poros. A impetuosidade adolescente sob a mira de seres despidos de humanidade.

— Leônidas, vamos sair daqui! Chama a cavalaria dos grêmios e vamos meter o pé daqui antes que esse impasse acabe com a nossa raça! Morrer aqui não está entre os meus planos! – mal olhei Atena ao meu lado com a foto de Ares esmigalhada em uma das mãos.

Não deu tempo sequer de uma resposta sem graça. O susto com um estrondo seco atrás da linha de isolamento foi seguido pelo espanto geral com a bola de fogo em meio aos escritórios no prédio do Departamento de Educação, e os segundos eternos do silêncio imposto foi interrompido pelo primeiro recruta com iniciativa suficiente para mirar o seu fuzil em direção aos manifestantes.

Os ecos daquele dia ressoavam entre as paredes de uma carceragem improvisada. Ainda ressoam. Improvisado ou não, o Coliseu do Atlântico recebia um público notável não de craques ou torcedores, mas de presos azarados e sobreviventes. Nas palavras de um dos vigias designados para o vestiário visitante, "tudo culpa do atentado desses extremistas filhas da puta". O azedume de mofo e suor velho, as goteiras e infiltrações que se multiplicavam na estrutura, mesmo recém-inaugurada diante tamanha magnificência a olhos vistos, não deixavam dúvidas de que, sim, estávamos detidos juntos com os dentes-de-leão que resistiam ao concreto de milhões de dólares.

O enxame de coturnos não permitia muita conversa entre os detidos, e os esporádicos tiros ouvidos no campo não abriam muita margem para argumentação. De qualquer forma, todos debatiam aos cochichos se aquilo foi de fato obra da nossa gente.

— *Plantaram uma bomba ali, certeza. Um prédio não explode assim de repente* – disse um.

— *Eu vi o negócio. Pareceu vazamento de gás. Alguém*

*lá em cima não gosta da gente* – respondeu outro.

— *E os cadetes ainda foram campeões com um pênalti roubado no finalzinho. Desgraçados de uma figa. Nem nisso tivemos sorte* – resmungou mais alguém abraçado ao seu senso de prioridades.

Um quarto fez questão de bater no peito e gabar-se aos demais, colhendo os louros pelo maior ato revolucionário já visto nas Ilhas Afortunadas. Seu nome foi escalado pelos autofalantes do estádio junto com outros e, pelo que deu para ouvir das entranhas daquele gigante de mármore, a partida vista por poucas testemunhas não acabou bem.

Apenas dividiram os setores entre homens e mulheres sem qualquer lógica aparente, o que seguia com os protocolos governamentais mais estritos. Reconhecia pouquíssimos ali naquela sala empilhada de pessoas, sem as suas roupas e dignidades, e todos expeliam seus temores mais básicos em comunhão. Um rapaz de nome João Carlos, eu acho, da turma de baixo na Dom Miguel, um rosto pouco assíduo do Quebra-Galho, Jesus Cristo crucificado em uma das paredes, e só. Foi tudo muito rápido. Desvencilhei-me de Leônidas logo nos primeiros metros de correria sem rumo agarrado a Atena em busca de uma pretensa salvação. Quando se ouve um estampido no pé do ouvido, não há coletividade que resista. Seguimos juntos apenas por algumas quadras, separados por dezenas de pessoas à deriva em uma das encruzilhadas no centro da capital. Na ânsia de voltar ao meu porto seguro, um pé-de-moleque desprendido do chão, ironicamente dos tempos do Grão-Duque, selou o meu destino após quase torcer o meu joelho e cair ao lado de um guarda nada, nada gentil.

Não sei quanto tempo passamos naquela sala. Horas, dias, semanas, não importava mais, apenas pensava e repensava em Atena por momentos com um medo impronunciável, outros com a esperança frágil de que aquilo tudo iria passar, de que o tormento sempre passa, um devaneio tolo quando sequer permitiam um cochilo que fosse entre os detidos. Compreendia que o meu destino e dos demais seria o mesmo que Mirian, Tayeb, talvez Ares, mas afligia-me as duras cogitações sobre mãeínha, ainda mais sem as respostas do rádio-corredor. Perguntas que, uma vez formuladas, demandam respostas insuportáveis. Quanto menores as eternidades, maiores as incertezas.

Em uma noite, prenunciada pela agitação incomum dos militares em eterna prontidão, nos encapuzaram e transferiram o nosso grupo com bordoadas e pontapés para velhos tumbeiros, agora devidamente mecanizados e movidos a óleo diesel. Exigência da dita modernidade, afinal. Todos foram perfilados próximos dos portões do estádio ao estilo militar e *incentivados* a não tentar nada estúpido enquanto faziam uma espécie de triagem. "Sem reclamações, porra! Vão andar de Mercedes e de graça", o senso de humor dos caveiras definitivamente era pior que as ofensas estéreis. Não revelaram o destino, mas a tese mais óbvia era só uma: em um dos famigerados *campos de reeducação*. Um destino, a bem da verdade, irônico.

O colega ao meu lado cantarolava, na medida do possível, um louvor com a companhia de uma das fileiras nos refrões, enquanto os demais sussurravam sobre o que seria essa tal reeducação. Ninguém ali queria conhecer o ÉDEN. (Re)aprenderíamos a aceitar o mundo como ele é? (Re) aceitaríamos as regras do jogo? Seriamos (re)utilizados nas minas de lítio e ouro em prol do progresso, essa ideologia pegajosa, e do futuro da Nação, una, gloriosa e indivisível? Não sei se foram as orações – certamente não foi o meu Pai-Nosso todo truncado – ou uma súplica de papel timbrado. Apenas sei que o nosso caminhão desviou do curso dos demais e seguiu minutos a fio por uma estrada de terra esburacada e parou. Simplesmente parou, sem aviso, sem cerimônia, e sem qualquer testemunha naquele pedaço de terra envolto em ansiedade. Quando um carro estacionou atrás do compartimento de carga e buzinou, os nossos corações também pararam.

— **Capitão Mendonça!** Que honra! – o único entusiasmado em quilômetros não se continha do lado de fora.

— *Ei, você não tinha comentado de um tal capitão Mendonça, Sansão Mendonça, o homicida favorito do Duque?* – sussurrou um.

— *Se for ele mesmo, não vamos para as ilhas do sul coisa alguma. Ah não. Vamos mesmo para a vala de uma vez. Bom... odeio preliminares* – bufou outro.

Houve certa dificuldade, mas abriram as portas enferrujadas do possante Mercedes-Benz e engatilharam uma metralhadora apenas pelo prazer de suscitar o terror naqueles que, algum dia, foram sujeitos.

— Todo mundo quieto nessa porra ou mandamos vocês pro inferno mais cedo. Quem é Aquiles Nanisca da Silva? Faça um favor aos demais e se levante... Rápido! Tenho cronograma a seguir. Os outros recolham as pernas e deixem o rapaz passar, e nada de bancarem os heróis!

A rispidez de suas palavras apenas refletia o desejo de

impressionar o ídolo, o sociopata preferido nas fileiras dos homens bem quistos da nação. Bem ali ao seu lado! Quando seria a próxima oportunidade? Não o culpo, apesar de desnecessário o tapa em meu rosto depois de, sem forças nas pernas e com um saco na cabeça, tropeçar algumas vezes nos demais desafortunados. A minha sorte, como anteviram, fora traçada e ali me encontrava diante do carrasco.

Em contraste com o militar *fanboy*, que se despediu com uma continência exagerada seguida de novo esforço desproporcional a trancar a liberdade alheia e seguir viagem, em nenhum momento capitão Gonçalves subiu o seu tom radialista de voz. Não precisava. Determinou que tirassem as vendas nos meus olhos e me vestisse com uma camisa branca básica e uma calça de moletom cinza, ambas do tamanho correto. Somente então eu pude reparar na vastidão dos canaviais iluminados pela beleza do luar, indiferente às nossas misérias, e no *sedan* preto sem qualquer símbolo do governo. Convidado a entrar entre os passageiros empunhados com pistolas cromadas, eu aceitei de bom tom a gentileza.

— Garoto, apenas fique calado e fale apenas quando lhe dirigida a palavra, entendido? – o capitão estava sereno como a mais soturna das criaturas e, diante da presa capturada em sua trama e esmagada diante dois capangas no banco dos fundos, sequer se deu ao trabalho de me encarar por mais de três segundos.

Acenei com a cabeça e seguimos por um caminho tortuoso, nitidamente contrário à trajetória do caminhão, e com o rádio sintonizado no *Spotify* de algum avarento que não paga o pacote *premium*. Entre descobrir de quem era a *playlist* de afro-jazz e a saudade de Atena, distraía um pouco a cabeça enquanto prosseguíamos por dentro de latifúndios até desembocarmos em uma nova estrada à margem da vastidão do oceano atlântico. Queria escrever que estava tranquilo, em pleno controle emocional da situação, mas não seria correta a tentativa de ludibriar o leitor, isso não. Bastava enganar os militares.

— Garoto, você não tem ideia do tamanho do problema que colocaram no meu colo – depois de ser consumido pelo tédio, o capitão iniciou o seu monólogo - Eu, no fundo, sou um resolvedor de problemas. Um dos bons, diga-se de passagem, mas confesso que esse em particular exigiu um grande esforço da minha parte.

— Desculpe-me, senhor – não sabia se era para responder ou não, mas a insolência sempre fala mais alto.

— Não se preocupe, garoto. Eu até gosto de um desafio. Sinto-me vivo nesse mundo robotizado e de aparências. Nessas horas que mostramos, tal qual Cruím, o nosso verdadeiro talento voltado a salvar o mundo da destruição, mesmo diante dos próprios arquitetos do apocalipse – os olhos de Gonçalves seguiam em direção à estrada enquanto indicava ao motorista uma nova rota à frente – Garoto, você acredita em julgamento pela História?

— É reconfortante pensar que seremos julgados por nossas ações. Não precisa existir o Paraíso, apenas o Inferno – tomei aquela cotovelada nas costelas, mas valeu o comentário.

— Ah! Isso com certeza. Nem me preocupo mais com isso, mas me refiro ao julgamento dos próprios homens, essa prepotência em definir o mundo sob o próprio umbigo. Sabe, quando eu tinha a sua idade, rebelde como você, eu perguntei à minha professora se ela acreditava em julgamento da História. Na época, ela respondeu que sim, que o mundo evolui e as lentes de uma época não passam para a próxima, e as gerações futuras seriam inclementes com os nossos erros, as nossas decisões, o nosso modo de vida. Mais cedo eu tive a oportunidade de me encontrar com essa mesma professora e repetir a pergunta e, para a minha surpresa, a resposta foi completamente oposta. Confesso que fiquei desapontado. O que acha a respeito?

— Eu acho que não sou ninguém para achar alguma coisa – a lágrima, com receio de sair de seu esconderijo, recusou-se a cair longe dos olhos.

— Somos dois, garoto. Meras notas de rodapé. Pois bem, eu espero que, algum dia, tenhamos essa conversa novamente em outras circunstâncias. Pare ali naquela doca. Chegamos ao seu destino.

Um navio de carga decrépito, daqueles que carregam minérios arrancados das vísceras do mundo, estava ancorado em um cais clandestino e supervisionado apenas por um punhado de marinheiros impacientes e homens de confiança de Gonçalves. Mal trocaram palavras entre eles ou com o próprio chefe, no máximo alguns cigarros de mão em mão numa forma de camaradagem estranha. Autorizado a descer do carro, eu recebi ordens, novamente sob as miras dos agentes enfadados com a tarefa de bedel, de embarcar em silêncio e de uma vez ante que mudassem de ideia. Recebi alguns papéis indecifráveis no escuro, um pouco de dinheiro, uma muda de roupas incluindo o que sobrou dos trajes do protesto, e um pacote lacrado e endereçado ao capitão do navio. Enquanto o *sedan* partia em direção à capital, eu me permitia contemplar, uma última vez, a silhueta das Ilhas Afortunadas, cada vez mais distante e envergonhada envolta em névoa.

# Epílogo:

Deus tem um senso de humor peculiar. Definitivamente. Um pouco mais de uma semana em alto-mar sob uma tripulação intransigente igual ao balanço das ondas, dias preso na alfândega brasileira ao ser abandonado à própria sorte por essa mesma tripulação assim que desembarcamos no Rio de Janeiro, meses perambulando de abrigo insalubre a abrigo insalubre depois de iniciar o protocolo de refúgio, e aqui estou: escrevendo essas notas em um quarto no bairro suburbano de Pilares, que não é aquela, na Avenida João Ribeiro, que não é aquele. Aparentemente, a versão daqui foi um imortal da Academia Brasileira de Letras, mas ninguém se importa. Pelo menos tampouco se importam com o *Tenentíssimo*.

Desde que cheguei ao Brasil, o destino de tantos antepassados expulsos de suas terras e condenados no nascimento, a vida pregou-me algumas peças, mas ando levando. Por aqui, eu virei "o angolano", e não há nada desse mundo que possa convencê-los do contrário. O papel do protocolo de solicitação de refúgio parece que foi feito por um estelionatário amador de tão malfeito que é, mas serve ao propósito de garantir alguma autonomia enquanto aguardo o agendamento da entrevista com o Comitê Nacional para os Refugiados. Além de algumas desinteligências, evidentemente. Um abraço para a sempre diligente Polícia Militar e suas "detenções *aleatórias* para *averiguação*" e a equipe da Delegacia na Mem de Sá. Uns queridos.

Consegui um emprego com carteira assinada em uma loja do Flamengo no centro da cidade e, com o salário e as comissões nas vendas, um cantinho alugado em um apartamento com outros dois rapazes: John Kennedy, um garçom do Amarelinho da Cinelândia; e Denzel Uoxinton, calouro do curso de Direito de uma universidade pública na zona sul. Além de uma cadelinha vira-lata indefinida chamada Fofoca que nos adotou, claro. Um muquifo sem vista do Cristo Redentor, mas o nosso muquifo.

A representante da Cáritas está confiante quanto ao deferimento do meu pedido, especialmente com o mimo da Gloriosa República das Ilhas Afortunadas ao registrar, por meio das Operações Estruturadas do Departamento de Assuntos Internos e Ordem Social, o meu banimento. Ainda sem prazo, contudo. Espero que, ao menos, essas palavras não atravanquem ainda mais a burocracia que faz inveja ao produto nacional. Enquanto isso, nas horas vagas eu assisto as aulas de um cursinho comunitário para os vestibulares locais e, quando o dinheiro dá ou fazem campanhas entre as equipes, vou ao Maracanã nos jogos rubro-negros. "Ser Flamengo é ter sempre um amigo por perto", diz o meu colega universitário, e não está errado, mas sinto saudade do pobre Sankara, que luta contra o rebaixamento nessa temporada.

Na medida do possível, eu tento acompanhar as notícias da terrinha, mas a cada dia que passa fica mais difícil.

Os jornais de lá não são de confiança, e os daqui, nas raras ocasiões em que reportam algo, geralmente abordam os negócios brasileiros por lá e o possível enredo da Beija-Flor de Nilópolis para o próximo Carnaval – eu me pergunto o porquê de não optarem, oras, pela Caprichosos de Pilares. De qualquer forma, usam um tom tão exótico quanto em uma expedição à morada de *Tarzan* ou do *King Kong*. Elejo a melhor de todas até agora: "*Ilhas Afortunadas: desbrave o país na África com os seus 'pilares do apocalipse' e que pretende transformar o mundo*". Deixo as conclusões ao leitor.

Recebo algo mais fidedigno de Leônidas, nas raras e breves oportunidades em que conseguimos conversar desde o meu exílio. Esses dias comentou que planejaram implodir os pilares no Morro da Tentação, etapa essencial na construção de um Jesus Cristo "imponente" no topo do cume, segurando o globo terrestre numa mão e uma espada na outra. Cinco operários mortos e desistiram da ideia. Em uma das conversas, o meu amigo garante que escapou "espetacularmente" de um ÉDEN no que sobrou das ilhas do sul e está liderando uma célula da rebelião na clandestinidade. "É um inimigo implacável. A normalização da barbárie é a arma mais poderosa que existe", confidenciou. Um Leônidas para a todos governar! Não que necessitem de um empurrãozinho, mas que os relatos sirvam para esculhambar os registros históricos perante a inevitável queda do Duque. Também garante que Helena me despreza e reforça a minha insignificância, o que é bem mais crível.

Perguntado se abandonei a luta no exílio, eu respondi sobre a descoberta de um Clube de Leitura próximo de casa, na efervescência do Méier e longe dos inocentes de

Copacabana, e ali já plantei novas sementes de resistência e saudade. O próprio Quebra-Galho retornara às atividades, ainda de forma tímida, em uma espécie de "sociedade dos amigos de Tayeb", e hoje ensaia a retomada clandestina do clube. Enquanto existir um clube de leitura, um leitor com um livro aberto que seja, haverá esperança. Os pilares de Cruím resistirão!

Em que pesem as dificuldades, garantiu-me que está na cola do paradeiro de Ares. Algo sobre um jornalista em Angola e uma assinatura pseudônima que apareceu no mesmo período das reportagens, mas não apresentou muitos detalhes. Quem sabe você compra esse pequeno livro e coloque em sua estante em Luanda, Cabinda ou no Olimpo.

Falar sobre *pessoas de interesse* e outros temas sensíveis por meios convencionais é sempre um problema. Tayeb e Dona Cibele estão presos "com 100% de certeza" de acordo com as "fontes" no governo, e outros infelizmente não resistiram. "As coisas estão piores para o Duque, ainda que resista no Paço dos Arcos. O sangue nas mãos ajuda a escancarar quem ele é, infelizmente". Ainda assim, garantiu-me que não há qualquer informação sobre Atena ou Mirian.

"A maternidade é um mergulho no mar de noite", você confidencia-me em meus sonhos todas as noites, sentados sempre no mesmo banco em uma das muitas vezes que ficávamos à toa no anoitecer de Praia das Lágrimas, apenas ouvindo a arrebentação do mar à distância. Tempos mais simples, enquanto agora afogo-me de saudades, tragado pelas profundezas no frescor do amor materno que me faz falta. Espero, de coração, que esse livro lhe encontre bem, da mesma forma que suas lições encontraram em mim um lugar fértil, e hoje forjam a vontade de seguir adiante. Você e tio Ares amariam o Rio de Janeiro e suas peculiaridades, disso eu tenho certeza, e aprenderiam o quanto as nossas ilhas, no fundo, podem ser um continente inteiro, e como um continente pode se fechar em algumas ilhas.

Tenho certeza que aprovariam o comentário da professora de Literatura na última aula. "Aqueles que provocam as injustiças e o enrijecimento do mundo não descansam nunca, então não temos o direito de descansar". Ela sempre conclui a exposição com um poema, "a forma mais incrível de expressar o mundo ao nosso redor, das Ilhas Afortunadas ao Brasil, enquanto subverte as próprias regras". Deixo aqui o último que me arrebatou, uma flecha certeira no peito, enquanto divago sobre as lições atrasadas e as chances de salvação do Sankara.

Depois de cada guerra
Alguém tem que fazer a faxina.
Colocar uma certa ordem
Que afinal não se faz sozinha
(...)
Os que sabiam
O que aqui se passou
Devem dar lugar àqueles
Que pouco sabem
Ou menos que pouco
E por fim nada mais que nada.
Na relva que cobriu
As causas e os efeitos
Alguém deve se deitar
Com um capim entre os dentes
E namorar as nuvens.

(Wislawa Szymborska – Fim e Começo)

# Agradecimentos

Um sonho somente é possível no coletivo. Esse livro é a representação do apoio e o esforço de muitas mãos.

De Pilares para o mundo! Eu tenho muito orgulho da minha família e faço aqui a minha reverência aos meus pais Andrezza e Delio, à minha irmã Luisa, à minha avó Glorinha, aos meus dindos Aline e Dener, aos meus tios e primos de sangue e afeto. Às estrelas no céu, eu agradeço o legado e deixo uma oração.

Marcelo Duarte e Maisa Zakzuk, obrigado pelas curiosidades e a gentileza para com a história de Aquiles e Atena.

Esse livro não seria possível sem vocês.

À professora Marise Hansen, por seu amor aos livros e por me tornar leitor, e ao Eduardo Lacerda pela oportunidade.

Saiba, Eduardo, que quase morri com a resposta da Patuá, mas passo bem e feliz.

À equipe da 1ª Promotoria de Justiça de Tutela Coletiva de Três Rios/RJ, vocês me inspiram diariamente na busca por um mundo mais justo.

Aos amigos da Livraria Favorita, obrigado por me mostrarem um universo de possibilidades. Um abraço especial para Sabrina, Cristiane, Aline e Fabrício Pacheco, primeiros leitores desse romance e confidentes de todas as horas.

Aos muitos amigos espalhados nesse Brasil, de São Paulo ao Piauí, da UNIRIO aos encontros fortuitos, a minha gratidão eterna.

Por fim, um salve à Aliança Rebelde por sua vitória contra o Império e ao Mengão do meu coração.

Todos os caminhos levam a Pilares. Passado, presente e futuro de uma família, de uma nação. Inevitável, instransponível. A Terra Prometida forjada na graxa e o suor das mãos de homens e mulheres corajosos que me guiaram até aqui. Meu lugar-no-mundo que hoje se torna amuleto para novos percursos.

---

Esta obra foi composta em Sabon,
em maio de 2025, para a Editora Patuá